핵폭발 뒤 최후의 아이들

초록우산 **어린이재단** (주)푸른책들은 도서 판매 수익금의 일부를 초록우산 어린이재단에 기부하여 어린이들을 위한 사랑 나눔에 동참합니다.

청소년문학 보물창고 2

핵폭발 뒤 최후의 아이들

초판 1쇄 2006년 6월 20일 | 초판 9쇄 2015년 3월 25일
개정판 1쇄 2016년 7월 15일 | 개정판 11쇄 2024년 3월 5일
지은이 구드룬 파우제방 | **옮긴이** 함미라 | **펴낸이** 신명우
펴낸곳 (주)푸른책들 · **임프린트** 보물창고 | **등록** 제321-2008-00155호
주소 서울특별시 서초구 양재천로7길 16 푸르니빌딩 (우)06754
전화 02-581-0334~5 | **팩스** 02-582-0648
이메일 prooni@prooni.com | **홈페이지** www.prooni.com
인스타그램 @proonibook | **블로그** blog.naver.com/proonibook
ISBN 978-89-6170-548-6 04850
＊잘못된 책은 구입한 곳에서 바꾸어 드립니다.

이 도서의 국립중앙도서관 출판시도서목록(CIP)은 서지정보유통지원시스템 홈페이지(http://seoji.nl.go.kr)와
국가자료공동목록시스템(http://www.nl.go.kr/kolisnet)에서 이용하실 수 있습니다.
(CIP제어번호: CIP2016010242)

보물창고는 (주)푸른책들의 유아 · 어린이 · 청소년 도서 전문 임프린트입니다.

핵폭발 뒤
최후의 아이들

구드룬 파우제방 지음 | 함미라 옮김

보물창고

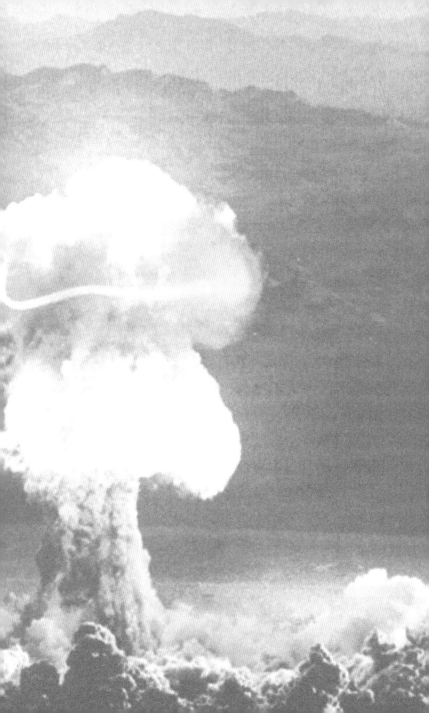

차례

나의 아들 마르틴과 우리들의 미래를 위하여

태초에 하느님이 하늘과 땅을 창조하시니라

그로부터 몇백만 년 뒤

사람들은 마침내 더할 나위 없이

현명한 생물로 진화했다.

사람들이 말했다.

지금 신에 관해 이야기하는 자는 누군가?

우리의 미래는 우리 스스로 책임지자.

사람들은 그렇게 결정을 내렸다.

이렇게 지구 최후의 7일이 시작되었다.

첫째 날 아침

사람들은 선하고, 행복하고, 아름다운 삶을 원했다.

그들은 하느님을 닮은 모습이 아닌

완전한 사람이 되길 원했다.

하지만 뭔가 기댈 것이 필요했던 사람들은

자유와 행복을

돈과 발전을

계획과 안전을 믿었다.
하지만 자신의 안전을 위해
사람들은 자신이 딛고 있는 땅 밑에
미사일과 핵탄두를 가득 채웠다.

둘째 날
공업 지대의 강물에선 물고기 떼가 죽었고
새들은 화학 공장에서 나온 독성 가득한 매연 때문에
산토끼들은 도로에서 내뿜는 납 성분의 매연 때문에
애완견들은 소시지 속의 예쁘고 붉은 색소로 인해
청어들은 바다로 새어 든 기름과
바닥에 가라앉은 쓰레기 때문에 죽어 갔다.
그 쓰레기는 방사능 물질이었다.

셋째 날
들풀이
나뭇잎이
바위 틈의 이끼가
정원의 꽃들이 말라 죽었다.
사람들이 날씨를 조작하고

인위적인 계획에 맞추어 비를 뿌린 게 화근이었다.

비를 뿌려 주는 계산 장치에

약간의 문제가 발생했을 뿐인데

문제를 발견했을 땐 이미

아름다운 라인 강물이 말랐고

드러난 강바닥에는 바지선들이 널브러져 있었다.

넷째 날

40억 인구 가운데 30억이 사망했다.

일부 사람들은 세균에 의한 질병으로 사망했다.

그 세균은 다음 전쟁을 위해 사람들이

저장고에 준비해 둔 것이었는데

누군가 저장고 잠그는 일을 깜빡해

세균이 밖으로 유출된 것이다.

이제는 어떤 약도 소용이 없었다.

세균이 오랜 세월 핸드크림과 돼지 기름 등에

섞여 들어가 내성이 생겼기 때문이다.

누군가 식량 창고의 열쇠를 숨겨 버린 까닭에

많은 사람들이 굶어 죽었다.

그러자 그들은 자신의 행복을 책임져 주지 못한

하느님에게 불평을 늘어놓기 시작했다.

"하느님은 사랑이 충만한 분인데

우리에겐 왜 이러는 거죠!"

다섯째 날

마지막 남은 사람들이 빨간 단추를 눌렀다.

자신들의 목숨이 위태로워졌다고 느낀 것이다.

불길이 지구를 휩싸고 산과 들이 불타고

바다에서는 뜨거운 수증기가 올라와 증발하였다.

도시마다 검게 그을린

콘크리트 골조들이

연기를 내뿜으며 서 있었다.

하늘 위의 천사들은

붉게 변한 푸른 별이 더러운 갈색이 되었다가

결국 잿빛으로 변해 가는 걸 바라보고 있었다.

그 뒤 10분 동안 천사들은 노래를 멈추었다.

여섯째 날

빛이 사라졌다.

먼지와 재에 가려 해가 보이지 않았고

달과 별도 보이지 않았다.
미사일 격납고 속에서 살아남았던
마지막 바퀴벌레마저
엄청난 열기 때문에 죽고 말았다.

마지막 날
고요함이 찾아왔다.
마침내 지구는 황량하고 텅 빈 채
말라비틀어진 땅의
크고 작은 틈 사이로
칠흑 같은 어둠만 드러내고 있었다.
죽은 사람들의 영혼은
망령이 되어 혼돈 위를 떠돌기 시작했다.
그러나 땅속 깊은 곳, 지옥에선
자신의 미래를 스스로 책임졌던 사람에 관한
흥미진진한 이야기가 들려왔고,
그 웃음소리는 천사들이 합창하는 곳까지
울려 퍼졌다.

-요르크 친크

1. 핵폭발 순간

어른들의 예상과는 다르게 상황이 전개되었다. 어른들은 서로 간의 갈등이 심해져 결국 전쟁이 터진다 해도 최악의 상황은 일어나지 않을 거라고 생각했다. 전쟁을 피해서 알프스 계곡이나 지중해의 작은 섬으로 재빨리 숨어들 정도의 시간은 있을 거라고 믿었다.

그러나 모든 일은 한순간에 벌어졌다. 심지어 수영복 차림으로 한가롭게 긴 의자에 누워 있다가 놀라운 일을 당한 사람도 있었다. 말 그대로 마른 하늘에 날벼락 같은 일이 벌어진 것이다. 사실 일이 터지기 몇 주 전부터 동서 간의 긴장이 고조되는 것에 관한 논쟁이 집중적으로 벌어지고 있어서 불안하긴 했다. 다른 때 같았으면 그런 일에 관심도 없었을 우리 엄마가 뉴스 시간마다 텔레비전을 켤 정도였으니 말이다. 2차 세계대전 이후 정치 상황은 늘 긴장 상태였지만, 실제로 무슨 일이 일어난 적은 없었기 때문에 이번에도 그러려니 했다.

휴가철이 돌아오고 여름 방학이 시작될 무렵이었다. 불안한 일에 대한 생각으로 골치를 앓고 싶어 하는 사람은 아무도 없었다.

"분위기가 진정될 때까지 집에 있는 게 낫지 않을까요?"

여행을 떠나기 전날 엄마가 아빠에게 물었다. 엄마는 정치에 관해서라면 항상 불안해 했다.

"말도 안 돼. 그러려면 오래 기다려야 할걸. 긴장 상태야 늘 있어 왔잖아. 정치는 정치가들이 다 알아서 할 거야. 우리가 여행 가는 것하고는 아무 상관 없이 말이야. 게다가 장인 장모님께 연락까지 드렸잖아. 아이들 보실 생각에 얼마나 기뻐하고 계시겠어. 우리가 다음 주나 그 다음 주로 여행을 미루거나 아예 못 간다고 해 봐. 무척 실망하실걸."

우리는 켈러만 아줌마에게 앵무새와 푸들을 맡기고 길을 떠났다. 켈러만 아줌마는 우리 집 위층에 살았다. 내 기억에 아줌마는 우리가 여행을 갈 때마다 항상 우리 집 동물들을 돌보아 주었고, 우리 꽃에 물도 주었다. 그 대신 아줌마가 여행을 가면 우리도 아줌마네 고양이를 맡아 주었고, 아줌마네 꽃에 물도 주었다. 하지만 이번 여행으로 켈러만 아줌마도, 우리 집 앵무새와 푸들도, 우리 집도, 그리고 우리가 살고 있는 프랑크푸르트의 보나메스 구(區)도 다시는 못 보게 될 거라고 생각한 사람은 정말이지 우리 가운데 아무도 없었다.

차를 타고 가는 동안 우리는 정말 즐거웠다. 우리 가족은 누나 유디트와 동생 케르스틴, 엄마, 아빠 그리고 나, 다섯 명이었다. 그때 나는 열두 살에서 막 열세 살이 될 무렵이었고, 유디트 누나는 나보다 세 살 위였다. 막내 케르스틴은 겨우 네 살이었다.

우리는 모두 쉐벤보른에서 보낼 4주간의 휴가에 대한 기대로 마음이 들떠 있었다. 그곳에는 외할아버지와 외할머니가 살고 있었다. 할아버지는 여가용 작업장을 가지고 있었고, 플라이엔항에 정원을 가꾸고 있었다. 할머니는 우리를 위해 지하실 선반에 과일 통조림들을 가득 만들어 두었을 것이며, 우리가 갈 때마다 보여 주던 오르골도 많이 모아 놓았을 것이다.

엄마 아빠는 이번에도 오르골을 한 개 가져갔다. 이번 것은 꼭 보석함처럼 생겼는데, 조그마한 손잡이를 돌리면 〈오솔레

미오〉 멜로디가 째깍거리며 흘러나왔다. 아빠는 째깍거리는 소리 때문에 할머니를 자주 놀렸지만, 우리는 할머니의 수집품을 무조건 최고라고 여겼다. 우리는 각자 좋아하는 멜로디도 따로 있었다.

그 외에도 쉬벤보른에는 우리가 좋아하는 것들이 많이 있었다. 오래된 목조 가옥들 사이의 구석진 곳과 계단 그리고 대문 등은 숨바꼭질하기에 안성맞춤이었다. 회랑이 있는 우람하고 오래된 탑에선 작은 도시 전체를 한눈에 내려다볼 수 있었다. 할아버지는 종종 성에 있는 향토 박물관에 우리를 데려갔는데, 전시품들에 대해 어찌나 흥미진진하고 재미있게 설명해 주던지, 우리는 단 한 번도 지루한 줄 몰랐다. 또한 추운 날에도 따뜻한 물을 가득 채워 놓는 수영장도 있었다. 엄마는 슐로쓰파크(성에 있는 공원)를 좋아했는데, 저녁마다 할머니와 함께 우람한 상수리나무들 사이에 있는 성을 빙 둘러 산책하는 것을 즐겼다. 평상시 도보 여행이라면 열 일 제쳐 놓고 달려가는 아빠는 큰 숲을 좋아했고, 할아버지와 함께 자주 낚시하던 말도르프 호수도 좋아했다.

우리는 카셀 고속 도로로 알스펠트까지 간 후, 포겔스베르크로 방향을 바꾸었다. 더할 수 없이 좋은 7월의 날씨였다.

아빠가 노래를 부르기 시작했고, 우리도 함께 노래했다. 엄마는 화음을 넣었다. 우리가 란텐을 지날 때까지만 해도 모든 것은 다른 때와 다름없었다. 그러나 란텐을 지나 비티히로 가는 도중, 칼데너펠트에 접한 커브 길을 도는데, 갑자기 숲 속에서 굉장히 밝은 빛이 번쩍였다. 우리는 모두 순간적으로 두 눈을 질끈 감았다. 엄마가 비명을 질렀다. 아빠는 자동차 바퀴에서 '끼익' 소리가 날 정도로 브레이크를 세게 밟았다. 자동차는 몇 바퀴 빙빙 돌다가 도로를 가로질러 멈추어 섰다. 우리는 안전띠에 묶인 채 이리저리 흔들렸다.

자동차가 멈춘 뒤, 우듬지 너머 하늘가에서 눈이 멀 정도로 강렬한 섬광이 번쩍하는 것이 보였다. 그 빛은 용접할 때 나는 거대한 불빛 같기도 했고, 번갯불처럼 하얗고 무시무시해 보이기도 했다. 나는 그 빛을 잠깐 보았는데, 한참 동안 눈앞이 보이지 않았다. 열어 놓은 차창으로 강한 열기가 밀려 들어왔다.

"무슨 일이 일어난 거예요?"

엄마가 두 손으로 얼굴을 감싼 채 떨리는 목소리로 물었다. 아빠는 한쪽 팔로 두 눈을 가리고 있었다. 엄마 뒤쪽에 앉아 있던 유디트 누나는 지독한 열기를 쐬는 바람에 신음 소리를 내며 케르스틴과 내 쪽으로 쓰러졌다.

"창문 닫아!"

아빠가 소리쳤다.

하지만 창문 손잡이를 잡기도 전에 갑작스럽게 돌풍이 일었다. 눈앞에서 나무들이 심하게 휘어졌다. 곧이어 나무들이 쩍쩍 갈라지는 소리가 들리더니, 차가 강하게 흔들리기 시작했다. 우리는 도로변으로 빠질 것 같은 두려움에 서로 부둥켜안았다. 유디트 누나가 엉겁결에 내 무릎을 할퀴었다. 누나의 머리카락이 채찍처럼 내 얼굴을 때렸다. 케르스틴은 나무들이 쪼개지는 소리가 거의 들리지 않을 정도로 날카롭게 비명을 질러 댔다. 우리 뒤쪽에서 전나무 한 그루가 도로를 덮쳤다. 차가 또 한 번 심하게 흔들렸다.

돌풍은 처음 불어왔을 때처럼 빠른 속도로 진정되었다. 동시에 소낙비가 몰아치기 직전처럼 사방이 깜깜해졌다. 멀리 숲 뒤편에서 검은 구름이 믿을 수 없을 정도로 빠르게 하늘로 솟구쳐 올랐다. 햇빛이 사라졌다. 바람이 잦아들자 정적이 감돌았다.

"무슨 일이 일어난 거냐고요, 클라우스?"

엄마가 다시 떨리는 목소리로 물으며 아빠 팔을 붙잡았다.

"창문 닫으라니까!"

아빠는 큰 소리를 치며 창문을 잠그기 위해 엄마 손을 뿌리쳤다. 그러자 엄마도 엄마 쪽 창문을 잠갔다. 엄마가 얼마나 땅이 꺼져라 한숨을 짓는지, 소름이 끼칠 정도였다. 창문 잠그는 일은 끝이 안 날 것처럼 보였다. 창문을 다 닫기도 전에 다시 반대편에서 폭풍이 몰려왔다. 다시 한 번 나무들이 쩍쩍 소리를 내며 갈라졌고, 차가 흔들렸다.

잠시 후 바람이 잠잠해졌고, 휘청거리던 나무들이 똑바로 일어섰다. 밖에선 무시무시한 천둥소리 같은 것이 울려 퍼졌지만, 소낙비가 몰아치기 직전과 별로 다른 건 없었다.

"모두들 무사해서 천만다행이다."

우리 쪽으로 천천히 몸을 돌린 아빠가 말했다. 아빠 목소리가 그렇게 낯설게 느껴진 건 처음이었다. 아빠는 케르스틴에게 조용히 하라며 호통을 쳤다. 평상시엔 고집불통이던 케르스틴도 고분고분 아빠가 하라는 대로 했다. 그러자 사방이 조용해졌다. 바깥이나 차 안 모두. 최소한 유디트 누나가 고개를 들기 전까지는 그랬다. 누나는 잔뜩 찌푸린 얼굴로 밖을 내다보았다. 바깥은 꼭 저녁 무렵처럼 어두컴컴했다. 누나의 눈을 보니, 정말 무서워하고 있다는 게 느껴졌다. 그런데 갑자기 누나가 웃기 시작했다. 그러더니 소리까지 질러 대며 웃었다. 난 그 웃음소리를 절대로 잊지 못할 것이다. 누나는 그

칠 줄 모르고 계속 웃어 댔다.

"당장 그만두지 못하겠니!"

엄마가 소리를 질렀다. 그러자 누나는 자기 손을 깨물었다. 웃음을 멈추어야 하는데 그러지 못할 때면 누나가 하던 버릇이었다. 그 방법은 효과가 있었다. 누나는 다시 조용해졌다.

여기저기에서 사이렌 소리가 들려왔다.

우리는 서로 얼굴을 바라보았다. 엄마는 얼굴이 하얗게 질려 있었다. 아빠도 당황한 것처럼 보였지만, 수염 때문에 어떤 표정인지 알 수 없었다. 케르스틴이 앞자리로 파고들었다. 그러고는 엄마 무릎으로 기어올라 새끼원숭이처럼 착 달라붙었다.

"차 좀 옆으로 붙이세요!"

엄마는 명령하듯이 아빠에게 말했다.

"도로 한가운데에 서 있잖아요! 마주 오는 차라도 있으면 어떡해요!"

그러고 보니 아직도 자동차 엔진 돌아가는 소리가 들렸다. 아빠는 차를 몰아 길 옆에 세웠다.

"아빠, 폭발 사고예요?"

내가 물었다. 아빠는 고개를 끄덕였다.

"와! 만약 화약 창고가 폭발한 거라면, 몽땅 공중으로 날아가 버렸을 거예요!"

나는 흥분해서 소리쳤다.

"화약 창고가 아니란다."

아빠가 고개를 저으며 말했다.

"당신, 그렇게 생각해요? 그러니까 당신 생각엔……."

엄마가 아빠에게 물었다.

"응. 분명히 그거 같아. 그것 말고는 달리 생각할 수 없어."

아빠가 대답했다.

"하지만 그건 있을 수 없는 일이잖아요. 있어서도 안 되는 일이고……."

엄마는 금방이라도 울음을 터뜨릴 것 같은 목소리로 말했다.

"어서 집으로 돌아가야겠어. 여길 떠나야 해. 큰일이 벌어지기 전에……."

아빠가 말했다.

"힘들 것 같은데요, 아빠. 저 쓰러진 나무 좀 보세요!"

아빠 말이 채 끝나기도 전에 내가 다급한 목소리로 끼어들었다.

엄마는 펄쩍 뛰었다.

"우리 부모님은 어떡해요! 당신, 그게 쉐벤보른에서 일어났다고 생각해요?"

"아니. 그보단 더 먼 곳이야. 풀다 지역인 것 같은데……."

"그럼 어서 가서 부모님을 모셔 와요."

"거기까지 무사히 빠져나갈 수 있을까……?"

아빠가 창문 밖으로 손수건을 내밀어 보았다. 바람이 우리가 왔던 방향에서 불어왔다.

"운이 좋아서 바람 방향이 바뀌지 않는다면 갈 수도 있겠군."

아빠가 말했다.

"서둘러요, 여보. 최대한 빨리 달리세요!"

엄마가 소리쳤다.

그때 나는 엄마 아빠가 그 일을 두고 핵폭발을 생각하고 있다는 것을 눈치챘다. 그렇다고 그저 두려움에 덜덜 떨고 있었던 것만은 아니다. 그 일들이 모두 너무너무 흥미진진하다는 생각이 들었다. 마치 모험처럼! 하지만 그와 동시에 무언가 큰 재앙이 일어날 것이라는 느낌이 들었다. 하지만 난 우리 가족에게도 재앙이 닥쳐오리라고는 꿈에도 생각해 보지 않았다.

맞은편 도로에는 개미 한 마리 보이지 않았다. 길게 뻗은 도로에 우리 가족만 덩그러니 있는 것 같았다. 단 한 번, 사람을 보긴 했다. 어떤 할머니 할아버지가 길가에 서서 우리에게 손을 흔들었다. 그분들은 무릎까지 오는 반바지 차림에 배낭을 메고 있었다. 할머니는 굉장히 큰 표고버섯 한 개를 들어 보이며 우리에게 자랑했다.

할머니 할아버지는 무슨 일이 일어났는지 알고 싶어했다. 커다란 나무로 우거진 깊은 산속에 있었기 때문에 엄청난 빛을 보지도 못했고, 뜨거운 돌풍도 느끼지 못했다. 그저 '우르릉 쾅' 하는 천둥소리 같은 것과 사이렌 소리가 왜 났는지, 그것만 불안해 했다. 아빠가 다음 장소까지 태워 주겠다고 했지만, 그분들은 걸어가겠다고 고집했다. 아빠가 우리를 무릎에 앉히면 된다고 말했는데도 말이다.

"당신도 참, 하필 오늘 같은 날 망원경을 호텔에 놓고 오실 건 또 뭐유. 너무 비싼 거라 지금쯤 누가 집어 갔을 거유."

할머니가 화난 목소리로 할아버지에게 말했다.

"도대체 무슨 일이 일어난 건지, 원……. '쾅' 하는 소리는 저쪽에서 났고, 호텔은 이쪽에 있는데……. 흠, 내일 신문을 보면 알게 되겠지."

할아버지가 대답했다.

숲 가장자리에 이르자, 길이 다시 막혀 있었다. 나무 몇 그루가 차도에 쓰러져 있었다. 하지만 이번에도 아빠는 길을 빠져나갈 수 있었다. 왼쪽 바퀴로 풀을 밟고 차를 몬 덕분이었지만, 그 때문에 차의 오른쪽 면은 자작나무 가지에 마구 긁혀 칠이 벗겨져 버렸다. 다른 때 같았으면 아빠는 벌써 화를 내면서 긁힌 부분을 보려고 차를 세웠을 것이다. 하지만 웬일인지 화를 내지도, 차를 세우지도 않았다.

한참을 가자 비티히 계곡이 보였다. 탁 트인 시야로 하늘이 들어왔다. 우리는 모두 그렇게 무시무시한 하늘을 처음 보았다. 해 질 녘같이 침침한 하늘에선 해가 보이지 않았다. 멀리서 회갈색 연기가 탑처럼 뭉게뭉게 솟아오르고 있었다. 그 위로 먼지와 연기로 범벅이 된 거대한 화환 모양의 구름이 사방으로 구르듯 흩어졌다. 구름 기둥이 얼마나 큰지, 아래쪽 약간 우묵한 곳에 있던 우리는 졸지에 아주 조그마해졌다. 조그마해진 우리 앞에 쉐벤보른 바로 전 마을인 비티히가 펼쳐졌다.

비티히를 지나오는 길은 쉽지 않았다. 우리는 아주 느린 속도로 겨우 그곳을 빠져나올 수 있었다. 사람들은 교통 신호에 아랑곳없이, 겁에 질린 얼굴로 도로를 이리저리 뛰어다녔다.

배낭과 보따리를 들고 힘겹게 걸어가는 사람들, 아이들을 질질 끌다시피 하며 데리고 가는 사람들이 긴 행렬을 이루고 있었다. 나란히 늘어선 집 창문으로 연기가 뭉게뭉게 새어 나왔다. 곳곳마다 유리창이 깨져 있었고, 지붕들은 반쯤 벗겨져 나간 모습이었다. 헛간 한 채가 길 위에 무너져 내려, 우리는 빙 돌아가야 했다. 마을이 끝나는 곳에 이르자, 불타는 목재소 건물이 보였고, 맞은편선 다친 사람들이 대충 붕대만 감은 채 구급차에 실리고 있었다. 한 아저씨가 우리 차를 세우고, 다급한 목소리로 란텐 방향으로 가는 도로가 뚫려 있는지 물어 보았다. 우리는 도로 군데군데 나무들이 쓰러져 있다고 말해 주었다.

"아마 그곳만 막힌 게 아닐 겁니다."

아빠가 말했다.

"이런, 세상에! 여긴 죽은 사람들과 다친 사람들로 넘쳐나는데…… 전화도 불통이고…… ."

아저씨가 한탄하는 목소리로 말했다.

"저기서 무슨 일이 일어났는지 아세요?"

어떤 아줌마가 우리에게 물었다. 아빠는 고개를 저었다.

"빨리 가요. 아까운 시간 낭비하지 말고!"

엄마가 재촉했다.

"란텐으로 가는 길이 막혔대요!"

누군가 큰 소리로 외치자, 뒤이어 사람들이 웅성거리는 소리가 들려왔다. "쉐벤보른! 쉐벤보른!"이라는 말밖에 알아들을 수 없었다.

얼마 뒤 우리는 비티히를 벗어났다. 비티히 사람들은 어떤 상황이 벌어진 것인지 전혀 모르고 있는 듯했다. 마을 쪽에선 버섯구름의 귀퉁이밖에 보이지 않았기 때문이다. 게다가 폭발 때문에 생긴 강한 기압의 파동도 비티히 지역 위쪽만 스치고 지나가서, 막상 마을엔 큰 피해가 없었다. 그래서인지 계곡을 지나 높이 올라가면 갈수록, 많은 수의 나무들이 산 주위에 쓰러져 있었다. 아빠는 나무들을 피해 가끔씩 들판으로 운전해야 했다. 졸지에 슬라롬 경주(깃발 사이를 지그재그로 달리는 자동차 경주)가 되어 버리고 말았다.

"점점 더 위험 지역으로 들어가는 건 미친 짓이야."

아빠가 혼잣말을 하면서 브레이크를 밟았다.

"하지만 우리 부모님은요? 도대체 그분들이 뭘 하실 수 있겠어요?"

엄마가 울먹이며 말했다.

그러자 아빠가 다시 차를 몰았다. 꼭대기에 있는 너도밤나무 숲으로 들어서니, 그럭저럭 돌풍을 잘 견뎌 낸 모습이었다. 다시 내리막길로 내려갔다. 우리는 바짝 긴장한 채 앞으로 몸을 숙였다. 숲 너머에 쉐벤보른이 있기 때문이었다. 숲을 빠져나오면 곧바로 눈앞에 펼쳐지는 쉐벤보른 시의 모습은 이곳에 올 때마다 온 가족이 보고 싶어 하던 광경이었다. 하지만 지금은 두려운 마음뿐이다.

"아까부터 맞은편 도로로 오는 차가 한 대도 없어요."

유디트 누나가 긴장한 목소리로 말했다.

진짜로 유령이 나올 것처럼 으스스했다. 근처 어디에선가 커다란 사이렌 소리가 들려왔다.

숲 언저리에 도착했을 때였다. 커브 길 뒤쪽에 나무 한 그루가 비스듬히 쓰러져 있었다. 아빠는 급하게 브레이크를 밟았고, 엄마는 비명을 질렀다. 차는 쓰러진 나무의 큰 가지 바로 앞에 가까스로 멈추어 섰다. 아빠는 갓길에 차를 세웠고, 우리는 모두 차에서 내렸다. 케르스틴을 돌봐야 했던 엄마는 작은 가방 하나만 들고 나왔다. 케르스틴은 왜 갑자기 차에서 내려야 하는지 영문을 몰라 큰 소리로 울기 시작했다. 아빠는 여행 가방 두 개를 들고 왔다.

"가방은 차에 두고 와요. 부모님만 모시고 곧바로 돌아올 거잖아요!"

엄마가 큰 소리로 말했다.

"하지만 길이 막혔잖아! 우리가 이 가방들을 두고 가면, 다시 찾으러 올 수 있을 거라고 생각해?"

아빠가 짜증 섞인 말투로 대답했다. 그러고는 거칠게 숨을 몰아쉬면서 가방을 끌고 저만치 걸어갔다. 이때만 해도 아빠의 몸집은 꽤 뚱뚱했다. 엄마는 케르스틴을 잡아끌다시피 하며 데리고 갔다.

커브 길에 쓰러져 있는 나무를 가까스로 넘자, 뒤쪽에서 자동차 한 대가 달려와 멈춰 섰다. 자세히 보니, 비티히에서 환자들을 실었던 그 차였다. 신음 소리가 들려왔다. 아저씨 한 명이 차에서 뛰어나와 우리에게 소리쳤다.

"좀 도와 주세요. 차 안에 중환자 세 명이 있습니다. 당장 의사의 치료를 받아야 해요. 긴급 상황입니다!"

"우리도 긴급 상황이에요. 우린 아이들이 셋이나 딸려 있다고요."

아빠가 망설이자 옆에 있던 엄마가 아저씨에게 말했다

"빨리 가자. 어서! 여기서 저 사람들을 도와주느라고 발이 묶이면, 우린 할머니와 할아버지를 영영 못 만날 수도 있어."

엄마가 다급한 목소리로 우리에게 재촉했다.

"그렇지만 내가 도울 수 있을 것 같은데……."

유디트 누나가 말했다.

"그걸 말이라고 하니?"

엄마가 펄쩍 뛰며 소리쳤다.

"그러다가 널 잃어버리면? 무슨 일이 있어도 우린 떨어지면 안 돼!"

케르스틴을 빼고 우리 모두는 엄마 말을 따르는 것에 익숙해져 있었다.

우리는 계속 걷기 시작했다.

뒤에서 아저씨가 우리 가족에게 욕설을 퍼부었다.

2. 불타는 쉐벤보른

나는 재빨리 달려가 가장 먼저 숲 언저리에 도착했다. 비탈진 골짜기 사이로 자그마한 쉐벤보른 시내가 펼쳐져 있는 것이 보였다. 언뜻 보기에 쉐벤보른은 달라진 게 없어 보였다. 지붕들 위에 걸려 있는 자욱한 갈색 안개를 제외하면 말이다. 그것은 먼지 같았다. 집들 사이에서 짙은 연기가 피어오르는 것이 보였다.

유디트 누나가 나를 뒤쫓아 와서 말했다.

"교회 종탑이 없어졌어!"

그 말을 듣고 바라보니 교회 종탑은 없어지고, 우람하고 오래된 성의 탑만이 제자리에 있을 뿐이었다.

엄마는 우리가 서 있는 곳에서 잠시 시가지를 바라본 뒤,

아직 숲 속에 있는 아빠에게 소리를 질렀다.

"쉐벤보른이 불타고 있어요! 세상에……. 아, 엄마, 아버지!"

유디트 누나와 나는 계속 가려고 했다. 그러자 엄마가 소리쳤다.

"우린 함께 있어야 해. 너희들 정말 엄마 화 좀 그만 돋워라!"

골짜기에서 집이 있는 곳까지 이어진 내리막길은 무척 멀게 느껴졌다. 언제나 자동차를 타고 다녀서 느끼지 못했나 보다. 걸어가면서 보니, 도시의 모습은 눈에 띄게 변해 갔다. 자욱한 연기를 내뿜는 곳이 점점 더 많아졌다. 지붕에서 솟아오른 불길이 계속해서 옆으로 옮겨붙으며 점점 더 세어져, 결국 언덕 위에 위치한 도시 전체가 짙고 어두운 연기 구름 아래에 갇혀 버리고 말았다. 그러나 그 구름은 풀다 쪽의 하늘에 걸려 있는 구름 덩어리에 비하면 아무것도 아니었다.

우리는 많은 집에 지붕이 없어진 것도 알게 되었다. 다락방들이 훤히 들여다보였다. 누나와 내가 엄마 아빠를 기다리며 서 있을 때였다.

"롤란트, 너 저 비명 들리니?"

누나가 물었다.

물론 들렸다. 나도 그 소리를 듣고 있었다. 시내에서 사람들이 소리를 지르고 있었다. 처참한 소리였다. 그러나 난 모든 것이 마치 꿈같이 느껴졌다. 그림처럼 많은 꽃들이 있던 작고 아늑한 도시 쉐벤보른의 원래 모습을 볼 수 있도록 빨리 악몽에서 깨어나야 할 것 같았다.

우리가 지나온 첫 번째 집은 지붕과 벽 일부가 날아가 버렸다. 떨어진 조각들로 오펠 자동차가 반쯤 찌그러져 있었고, 개 한 마리가 낑낑거리고 있었다. 그리고 "베른하르트! 베른하르트!" 하며 울부짖는 아줌마 목소리도 들렸다. 우리는 다시 들판을 지나갔다. 타는 냄새는 갈수록 심해졌다. 이제는 탁탁 불이 타 들어가는 소리도 들렸다. 나이 든 아줌마가 우리 쪽으로 뛰어오고 있었다. 닥스훈트 강아지를 안고 있었는데, 블라우스 단추를 잠그는 걸 잊어버렸는지 앞을 다 풀어헤친 모습이었다.

"세상이 망한 거야! 종말이 온 거라고!"

아줌마는 쉬지 않고 소리를 질렀다. 아줌마가 다가오자, 엄마가 큰 소리로 말했다.

"파쿨라트 부인, 우리 부모님에 관해 아시는 거 없으세요?

남문 근처에 사는 펠베르트 씨네 말이에요."

분명히 눈을 뜨고 있었는데도 아줌마는 엄마를 알아보지 못했고, 아무것도 듣지 못했다. 아줌마는 넋이 나간 모습으로 계속 뛰어갔다.

나는 엄마 아빠를 바라보며 아래쪽에 있는 학교를 가리켰다. 학교는 뼈만 앙상하게 남아 있었다.

얼마 뒤 시내로 들어왔다. 그제서야 우리는 무슨 일이 일어났는지 똑똑히 보았다. 베버 골목에 있는 목조 가옥 몇 채가 폭삭 주저앉아 있었다. 체크마이스터 씨네 빵집에선 짙은 연기가 자욱하게 피어오르고 있었다. 도로 여기저기에 사각 화분, 기왓장 같은 것들이 널브러져 있었고, 벽이 통째로 쓰러진 집도 있었다. 주유소는 활활 타오르고 있었다. 어떤 남자가 자동차를 타고 필사적으로 골목을 빠져나오려고 했다. 자동차는 들짐승처럼 으르렁거리면서 파편 더미 위를 그네 타듯 몇 번 왔다갔다하더니, 베란다 사이에 매달리고 말았다. 하지만 그 차에 신경을 쓰는 사람은 아무도 없었다. 사람들이 모두 미친 것 같았다. 모두들 쓸 만한 물건을 구하느라 난리였다. 다친 사람을 부축하고 가는 사람들도 많았다. 빈터베르크 아저씨가 안네마리를 부둥켜안고 가는 것이 보였다. 안네

마리의 머리에선 피가 흐르고, 두 팔은 축 늘어져 있었다. 우리는 방학 때마다 안네마리와 자주 놀곤 했었다.

유스호스텔 아래를 지나가는데, 아이들이 울부짖는 소리가 안쪽에서 들려왔다. 벤딕스 씨네 시계방 쇼윈도 앞에는 어떤 여자가 피를 흥건하게 흘린 채 손가락 하나 까딱하지 않고 누워 있었다. 유디트 누나는 그 앞으로 지나가기 싫은지 페르버 골목으로 들어갔다. 아빠가 누나에게 돌아오라고 소리쳤다. 그러자 누나는 두 눈을 꼭 감은 채 내 손을 붙잡고 그곳을 지나갔다. 나보다 나이가 더 많은데도 말이다.

우리는 시청 광장을 가로질러 남문까지 내려가려고 했지만, 광장 주변도 활활 타오르고 있어서 도저히 지나갈 수 없었다. 란텐 가로 지나가 보려고 했지만, 모퉁이에 있는 약국이 불타고 있어서 힘들었다. 길 건너편으로는 불꽃이 바람에 실려 가, 지붕들마다 연기가 뭉게뭉게 피어오르고 있었다.

우리는 풀다 거리를 지나가는 우회로를 택했다. 그곳 역시 집 두 채가 지붕부터 타 들어가고 있었지만, 아직 지나다닐만 했다. 불타고 있는 두 집 가운데 한 집에선 집주인 아줌마가 대문 앞에 서서 소방대를 찾으며 소리 지르고 있었다. 그러나 모두들 정신없이 지나가느라, 아줌마의 고함에 신경 쓰는 사람은 아무도 없었다. 얼굴이 온통 피투성이인 아저씨가 우리를 앞서 지나갔다. 머리카락이 피로 엉겨 붙어 있었다. 아저씨는 작은 아이를 안고 있었는데, 그 아이도 온통 피투성이였다. 아저씨가 풀다 거리에 있는 한 병원으로 들어가는 게 보였다. 지나가면서 보니, 병원 안마당과 병원 정문 커다란 아치 아래가 온통 다친 사람들과, 차를 타고 오거나 걸어서 환자들을 부축해 온 사람들로 북새통을 이루고 있었다.

드디어 우리는 할머니 할아버지의 집에 도착했다. 모두 안도의 한숨을 내쉬었다. 집이 아직 그대로 있었던 것이다. 부서져 내린 회벽 조각들과 기왓장들이 현관문 앞에 수북이 쌓여 있었고, 창문의 유리란 유리는 모두 깨어져 있었지만, 여기까지 오는 동안 우리는 그 정도쯤은 아무것도 아니란 걸 알게 되었다. 엄마가 열려 있는 창문으로 몸을 숙이고 "엄마! 아버지!" 하며 소리쳤다. 아무 기척이 없자, 엄마는 집을 빙 돌아가 부엌 창문에다 대고 소리를 질렀다. 나도 엄마 뒤를 따라갔다. 역시 아무 대답이 없었다.

그때였다. 2층에서 크라머 아줌마가 한숨을 쉬며 깨진 유리 조각들을 쓸어 담는 소리가 들렸다. 아줌마는 외갓집에 세 들어 살고 있었다. 엄마는 위쪽에 대고 할머니 할아버지가 어디에 있는지 물어보았다.

크라머 아줌마가 창문을 내다보며 소리쳤다.

"아이고, 세상에! 베네비츠 부인, 그분들은 오늘 아침 풀다에 가셨어요. 딸네가 오후에나 도착할 거라고 하시면서 손주들을 위해 텐트를 사러 가셨어요. 칼슈타트 백화점에서 텐트를 할인 판매하고 있거든요. 제발 무사하셔야 할 텐데……."

아줌마는 이 사태를 뭐라고 설명해야 할지 몰라 말문이 막혀 버렸다.

엄마가 다시 아빠 곁으로 뛰어갔다. 케르스틴이 엉엉 울며 아빠의 바짓가랑이를 붙잡고 늘어졌다. 아빠도 막 이웃집에 사는 말레크 할머니에게서 할머니 할아버지가 풀다에 갔다는 이야기를 듣고 있었다.

"열한 시에 돌아온다고 했는데……."

말레크 할머니가 시계를 들여다보며 말했다. 하지만 시계가 멈춰 서 있었다. 할머니는 당황하며 시계를 뚫어지게 들여다보았다.

"벌써 열한 시는 넘었을 거요. 이제 곧 돌아오시겠지."

할머니가 말했다.

"만약 그게 정말로 풀다에 떨어졌다면……."

엄마가 아빠를 쳐다보며 중얼거렸다.

"아, 이런……."

아빠가 대답했다.

"풀다로 가 봐야겠어요."

엄마가 말했다.

"당신 제정신이야? 그게 정말로 핵폭발이었다면, 거기엔 더 이상 아무것도……. 모든 게 방사능에 오염되었을 거야."

아빠가 엄마에게 크게 화를 냈다.

"난 하나밖에 없는 딸이잖아요. 부모님을 그렇게 쉽게 포기할 순 없어요. 금방 돌아올게요."

엄마가 소리쳤다.

엄마는 벌써 슐로쓰파크 방향으로 가고 있었다. 케르스틴이 비명을 질러 댔다.

"풀다까지는 20킬로미터도 넘어, 여보! 어떻게 거기까지 걸어간단 말이야?"

엄마 등 뒤에 대고 아빠가 소리쳤다.

"할 수 있어요. 당신도 알잖아요!"

엄마가 큰 소리로 대꾸했다.

"난 당신보단 건강해요! 애들하고 같이 있어요."

그리고 엄마는 사라졌다. 아빠는 몇 걸음 뒤따라가다가 되돌아왔다. 아빠보다는 엄마가 훨씬 더 날렵했다. 도보 여행 때에도 대부분 엄마가 아빠를 앞질렀다. 아빠가 엄마를 따라잡을 확률은 거의 희박했다.

"제가 뒤따라가 볼까요?"

내가 물었지만 아빠는 허락하지 않았다. 먼저 부엌 창문으로 누나와 나를 집 안으로 들여보낸 뒤, 아빠는 케르스틴을 넘겨 주었다. 케르스틴은 계속 훌쩍거렸고, 아무리 달래 보아도 소용이 없었다.

"엄만 곧 돌아오실 거야."

내가 말했다.

유디트 누나가 사팔뜨기 눈을 하고서 나를 쳐다보았다. 거짓말하지 말라는 뜻이었다. 나는 어깨를 으쓱해 보였다.

집에 들어와 보니 외갓집은 옛날과 똑같아 보였다. 창턱 아래는 온통 유리 조각들로 수북하고, 사방에서 바람이 들어와 방마다 커튼이 넘실거리는 것 빼고는 말이다. 그러고 보니 그림 몇 점이 떨어져 있었고, 선반에서 커피 포트가 굴러떨어져 있었다.

"먹을 것 좀 찾아봐라."

아빠가 말레크 씨네를 도와주러 가면서 유디트 누나와 나에게 말했다. 말레크 씨네는 기왓장이 무너져 내려 토끼 우리를 덮치는 바람에, 토끼 아홉 마리가 부서진 기왓장 더미 위로 깡충거리며 뛰어다니고 있었다.

유디트 누나는 아무것도 먹고 싶어하지 않았지만, 케르스틴과 나는 이것저것 찾아 먹었다. 우리는 선반에서 홀룬더젤리(라일락 열매로 만든 젤리처럼 생긴 푸딩)가 든 유리병을 찾아냈다. 우리가 제일 좋아하는 젤리였지만, 보나메스의 집에선 한 번도 먹지 못했다. 우리는 빵도 곁들이지 않고 젤리를 거의 다 먹어 치웠다. 하지만 우리는 오늘같이 예외인 날, 젤리 때문에 야단칠 사람은 아무도 없을 거라는 것쯤은 잘 알고 있었다. 그 다음에는 빵도 먹었다. 시골에서 돼지를 잡아 직접 만든 소시지를 두껍게 얹어서 말이다. 케르스틴이 다시 웃음을 되찾았다. 케르스틴은 한 번씩 생각난 듯 엄마에 관해 묻곤 했다.

15분 후, 아빠가 뛰어들어 왔다. 그러고는 숨이 턱에 닿을 정도로 서둘러 우리를 집 밖으로 내보냈다. 불길이 거리에 번지고 있는 데다가 바람마저 우리 쪽으로 불어오고 있었다. 유디트 누나와 나는 여행 가방을 하나씩 나눠 들고 슐로쓰파크로 피했다. 케르스틴은 엄마 가방을 들고 왔다. 엄마가 부엌 창턱에 가방을 놓아둔 걸 깜빡했던 것이다.

슐로쓰파크에 가방을 세워 놓은 뒤, 나는 누나와 케르스틴을 가방 옆에 있게 하고 아빠를 돕기 위해 다시 집으로 돌아왔다. 아빠는 할머니 할아버지의 물건들을 치우기 시작했다. 크라머 아줌마도 살림살이들을 창밖으로 내던지고 있었다. 할아버지의 여가용 작업장 뒤에 있는 크라머 아줌마의 화단은 할머니 할아버지의 물건들과, 크라머 아줌마의 침대 매트리스, 의자, 깃털 이불 그리고 옷걸이째 던져진 옷가지들로 수북했다. 아빠와 나는 이리저리 가구들을 옮기느라 애를 먹었다. 정말이지 미친 듯이 나르고 또 날랐다.

우리 머리 위에서는 불타는 집들에서 뿜어져 나온 검은 연기가 퍼져 있었다. 불꽃이 공기 중에 마구 흩날렸고, 사방에서 비명이 들렸다. 위층에선 크라머 아줌마의 한숨 소리가, 길 건너에선 말레크 할머니의 한탄 소리가 들려왔다.

무엇을 생각할 겨를이 전혀 없었다. 불길이 점점 더 가까워졌다. 우리 골목에서만 벌써 세 집이나 불타 버렸다. 이웃 사람들도 모두 집 안의 짐들을 치웠다. 남문 위쪽, 시청 광장으로 올라가는 언덕에 줄지어 있는 집들은 모두 불길에 휩싸였고, 그 위 신축 건물 단지의 참나무 꼭대기에서도 연기가 풀풀 솟아오르고 있었다. 이따금씩 '쿵' 하는 소리가 울려 퍼졌다. 난방용 기름 탱크가 폭발하는 소리였다. 짙은 연기가 뭉게구름처럼 온 도시를 떠다니며 천천히 동쪽으로 물러가고 있었다. 거의 숨을 쉴 수 없었다.

우리는 그래도 불행 중 다행이었다. 바람에 불꽃이 옮겨 붙긴 했지만, 다락방 한쪽 벽만 약간 그슬렸을 뿐이었다. 바람이 갑자기 방향을 바꾼 것이다. 북풍이 불어오면서 이미 다 타 버려 폐허가 된 집들로 다시 불꽃이 날아갔다. 아빠는 다락방 베란다에서 아직 남아 있는 불씨를 끄다가 벽 사이에 금이 가 있는 것을 발견했다. 크라머 아줌마가 살던 2층은 금방이라도 천장이 무너져 내릴 것 같아 더 이상 머무를 수 없었다.

저녁 무렵이 되면서 바람이 완전히 잦아들었지만, 불길은 남쪽으로 계속 번져 갔다. 불길은 밤새 계속되다가 다음 날 아침이 되어서야 겨우 진정되었다.

오후 늦게 우리는 다시 집을 정리하기 시작했다. 이번에는 유디트 누나도 도왔다. 그동안 케르스틴은 할아버지의 작업장에 혼자 남아 있었는데, 화도 나고 지루했는지 큰 소리로 울고불고 난리였다. 집 안 정리는 아주 천천히 진행되었다. 가구들이 원래 어디에 있었는지 도무지 기억이 나지 않았다. 무거운 가구들은 어차피 세워진 자리에 그대로 두어야 했다. 액자에 들어 있던 사진들이랑, 장식용 벽걸이 꽃병, 그리고 화분에서 쏟아져 나온 꽃들이 정신없이 뒤엉켜 있었다. 마지막으로 그것들을 제자리에 놓고 나니 다른 집같이 낯설게 보였다. 그을리지 않은 것은 하나도 없었고, 전부 연기 냄새가 배어 있었다. 유리가 깨어져 나간 창문으로 탄 냄새가 밀려들었고, 방마다 커튼이 바람에 나부꼈다.

아빠는 유디트 누나에게 저녁 식사를 준비하라고 시켰다. 저녁을 먹은 뒤 아빠는 우리를 침실로 보냈다. 나는 할아버지의 침대에서, 유디트 누나는 할머니의 침대에서, 그리고 케르스틴은 우리 사이에서 잠이 들었다. 우리 셋은 그렇게 해야만 불안한 마음을 달래고, 전깃불도 들어오지 않는 집에서 조금은 편안한 마음으로 밤을 보낼 수 있을 것 같았다. 하지만 아빠는 아무 일도 없다는 듯 식사를 했고, 또 잠자리에 들지도 않았다.

아빠는 캄캄한 부엌에서 엄마를 기다리고 있었다.

엄마는 밤이 깊어서야 돌아왔다. 나는 벌써 잠이 들었고, 케르스틴도 마찬가지였다.

하지만 유디트 누나는 엄마가 오는 소리를 듣고 나를 깨웠다. 우리 둘은 너무도 기쁜 마음에 곧장 부엌으로 달려갔다.

부엌으로 간 우리는 깜짝 놀라 한 발짝 물러설 수밖에 없었다. 더러운 얼굴을 한 사람이 아빠 목에 매달려 큰 소리로 울고 있었다. 목소리로 엄마라는 걸 겨우 알 수 있었다. 엄마는 마치 잿더미 속을 뒹굴다 온 것처럼 보였다. 우리가 오는 소리를 들은 엄마는 고개를 돌리더니 고함을 질렀다.

"저리 가! 어서 침실로 가, 가라고! 내 말 안 들리니?"

머리를 한 대 얻어맞은 기분이었다. 우리는 황당한 심정으로 조용히 침실로 돌아왔다. 유디트 누나의 얼굴이 환히 비쳐 보일 정도로 달이 밝았다.

"엄마가 왜 저러실까?"

나는 문을 잠그고 난 뒤 속삭이며 물었다.

유디트 누나가 몸을 일으켜 문에다 귀를 바싹 댔다. 나도 누나를 따라 했다. 한참 동안 엄마가 흐느끼는 소리만 들렸다. 아빠는 아무 말이 없었다. 엄마가 먼저 이야기를 꺼낼 때까지 기다리는 것 같았다.

"풀다가 사라졌어요."

엄마가 드디어 말문을 열었다. 아빠는 여전히 말이 없었다.

엄마가 흥분해서 말하기 시작했다.

"당신이 믿든 믿지 않든 간에 모든 것이 사라져 버렸어요. 호라스도, 직켈스도 말이에요. 그리고 주변 지역들도 모두……. 그냥 빗자루로 다 쓸어 버린 것 같았어요! 풀다가 보이는 언덕에 올라갔어요. 그런데 물결 모양의 새까만 평지 외엔 아무것도 보이지 않는 거예요. 나무도 집도 없었고, 콘크리트로 된 주춧돌들만 여기저기 부서져 있었어요. 글레져첼에 가니 그제서야 살아남은 사람들을 만날 수 있었죠. 케머첼 사람들은 정말 몰골이 끔찍했어요. 심하게 화상을 입은 사람, 팔다리가 잘려 나간 사람, 눈이 먼 사람들로 가득했어요. 그 사람들은 의사와 구호소를 찾아, 또 먹을 것과 잠잘 곳을 찾아 힘겹게 풀다 강가를 따라 내려오고 있었어요. 풀다 저지대에는 집들이 불타고 있었고, 쓰러진 나무랑 전봇대, 그리고 폐허 더미 때문에 도로가 막혀서 다른 길이 없었거든요. 나도 풀다 강을 따라갔어요. 풀다 강가엔 반쯤 화상을 입은 사람들이 모여 있었죠. 사람들은 심한 갈증으로 반미치광이처럼 재와 시체로 뒤덮인 강물을 마시고 있었어요. 분명히 방사능에 오염된 물이었을 텐데도 말이에요. 강가까지 걸어가지 못한 사람들은 땅에 엎드려 축축한 풀밭의 물을 빨아 먹고 있었어요. 사람들은 대부분 발가벗고 있었고, 그나마 몸에 걸친 옷가지들은 그슬려 있었죠. 풀다 강변 풀밭은 온통 시체들로 가득 차 있었어요. 강가의 덤불숲이나 갈대밭에도, 목장의 죽은 소들 사이에도 온통 살갗이 벗겨진 시체들과 완전히 불타 버린 시체들이……."

엄마가 다시 흐느끼기 시작했다. 아빠 목소리가 들리긴 했지만, 너무 작아서 무슨 말인지 알아들을 수 없었다.

"어린아이들 시체도 있었어요!"

엄마가 소리쳤다. 다시 아빠 목소리가 들렸다. 아주 침착한 목소리였다.

"그렇게 엄청난 일이 벌어졌는데도 많은 사람들이 살아 있었어요."

엄마가 흐느꼈다.

"사람들은 느릿느릿 앞으로 걸어갔어요. 그러다 결국에는 그들도 죽겠죠. 나는 그 사람들을 앞질러 왔지만, 내일이면 그 사람들이 여기로 몰려들 거예요. 내일이면 당신도 그 사람들을 볼 수 있을 거라고요. 살갗이 벗겨지고, 머리카락이 다 빠져 버린 사람들을요. 이제 그 사람들이 쉐벤보른을 완전히 뒤덮어 버릴 거예요. 내일은 아이들을 문 밖으로 내보내지 말아요. 우리 아이들이 그 모습을 보면 평생 충격에 시달릴 거예요!"

잠시 침묵이 흘렀다. 그러나 조금 뒤, 엄마가 확신에 찬 목소리로 말하는 게 들렸다.

"그분들은 돌아오시지 않을 거예요."

그 말을 듣고 나는 숨을 멈추었다.

"누가 안 돌아온다는 거야?"

나는 어둠 속에서 유디트 누나에게 소리 죽여 물었다.

"할아버지 할머니지……."

누나가 속삭였다.

"우린 돌아가야 해요. 내일 아침 곧바로."

엄마가 말했다.

"돌아간다고? 당신, 도로에 쓰러져 있던 나무들을 벌써 잊어버렸어? 우린 여기에 가만히 있어야 해. 당신 보나메스까지 걸어갈 수 있어?"

아빠가 물었다.

"하지만 여기도 모든 게 오염되었을지도 모르잖아요!"

엄마가 펄쩍 뛰었다.

"어차피 우린 너무 늦었어. 당신이 심하게 오염된 중심부까지 갔다 왔잖아."

아빠가 말했다.

"그러니까 당신은…… 더 이상 희망이 없단 말이에요?"

엄마가 신음 소리를 내며 말했다.

"운이 좋기를 바라는 수밖에……. 다행히도 바람이 풀다 쪽에서 불어오진 않았어. 일말의 기대라도 걸어 봐야지."

아빠가 말했다.

"그래요. 그렇겠지요. 그렇지 않고서야 어떻게 우리가 살아남았겠어요?"

엄마의 목소리가 커졌다.

마침내 부엌이 조용해졌다. 거실 문이 삐걱거리는 소리가 들렸다.

다음 날 아침에 보니, 거실에 있는 양탄자가 온통 재투성이였다. 엄마 아빠가 거기서 잔 모양이었다.

유디트 누나와 나는 벌써 한참 전에 잠에서 깨어 침대에서 그냥 꼼지락거리고 있었다.

"누나, 그런데 그 사람들 말이야. 도대체 풀다에 살던 사람들은 모두 어디로 간 걸까? 풀다엔 6만 명 내지 7만 명 정도가 살고 있었는데……. 그 많은 사람들이 하루아침에 사라질 수는 없잖아?"

"왜 안 돼? 충분히 생각해 볼 수 있는 문제지."

누나가 대답했다.

"누나, 여기도 전부 오염되었다면 어떡하지?"

"그렇다면 우리도 머지않아 죽게 되겠지……."

유디트 누나가 말끝을 흐리며 대답했다.

"누나, 우리가 죽는 거 상상할 수 있어?"

"아니, 아직은 못 하겠어."

나는 잠깐 동안 시내에서 밀려드는 비탄에 빠진 소리들에 귀를 기울였다. 그리고 할머니 할아버지를 생각했다. 그분들이 다른 생존자들과 마찬가지로 풀다 강변 풀밭에 쓰러져 있는 장면을 상상해 보았다. 그러나 그런 모습은 떠올릴 수 없었다. 그분들이 돌아가셨다고도 생각해 보았다. 하지만 중간중간 생각이 툭툭 잘려 나갔다. 나는 마음이 텅 비어 버리고, 바싹 말라 버린 것 같은 기분이 들었다. 눈시울이 뜨거워졌다. 울음을 삼키려고 애를 썼더니, 목이 메어 왔다.

"누나, 자?"

내가 속삭였다.

"아니, 어떻게 잘 수 있겠니?"

누나가 대답했다.

케르스틴만이 평화롭게 새근거리며 자고 있었다. 부엌에선 낡은 벽시계가 여느 때처럼 변함 없이 똑딱거리고 있었다.

"할아버지 할머니는 돌아가셨을까?"

내가 물었다.

그러나 누나는 더 이상 대답이 없었다.

다음 날 아침, 검은 비가 내렸다. 비는 그을리지 않았던 것마저 검게 물들였다. 엄마는 점심때가 되도록 잠자리에서 일어나지 못했다. 아빠는 우리에게 조용히 하라고 주의를 주었다. 엄마의 신음 소리가 들리자, 아빠는 엄마에게로 뛰어갔다. 엄마는 마치 죽음의 공포에 시달리는 사람처럼 몸부림치며 소리질렀다. 아빠는 엄마를 진정시키기 위해 한참이나 애를 썼다.

유디트 누나는 두 귀를 막았다. 하지만 나는 엄마가 누워 있는 방으로 들어가 큰 소리로 물었다.

"할아버지 할머니는요?"

그러자 아빠가 나를 방 밖으로 끌어냈다. 유디트 누나가 봐주길 기대했지만, 누나는 눈길도 주지 않고 나에게 소리를 질렀다. 그날 이후 며칠 동안 누나는 나뿐만 아니라 모두를 피해 다녔다. 할머니가 늘 말한 대로 누나는 "날뛰는 망아지" 같았다.

한낮이 되어도 물러가지 않는 침침한 기운, 불에 탄 숲이 만들어 낸 연기, 온 도시에 진동하는 탄 냄새, 눅눅한 깃털 이불, 그리고 길 건너편 막켄호이저 씨네로 살림살이를 옮긴 크라머 아줌마의 한숨 소리, 이 모든 것이 누나에겐 두려움의 대상이었다. 수도꼭지를 틀어도 물 한 방울 나오지 않았고, 전기도 들어오지 않았다. 누나는 물도, 전기도 끊긴 상태에 대해 어쩔 줄 몰라 하며 화를 냈다. 난 여태껏 누나의 그런 모습을 한 번도 본 적이 없었다. 누나는 할아버지의 정원에 가고 싶어 했다. 아마도 그곳은 아직 모든 것이 그대로 있을 거라고 기대하는 것 같았다. 하지만 정원은 플라이엔항에 있었다. 거기에 가려면 시내를 가로질러야 하는데, 엄마가 허락해 줄 리가 없었다. 그러자 누나는 엉엉 울면서 눅눅한 깃털 이불을 뒤집어쓰고 누워서 하루 종일 말 한 마디 하지 않았고, 물 한 모금 입에 대지 않았다. 케르스틴만이 누나에게 다가갈 수 있었다.

그런데 할아버지, 할머닌 어떻게 되었을까? 아무도 그분들에 관해 말을 꺼내지 않았고, 누구도 물어보지 않았다. 가끔씩 이웃 사람들이나 그분들과 알고 지내던 사람들이 창문을 들여다보며 걱정스레 한숨을 쉬며 말했다.

"혹시 그분들이 돌아오지 않았나 해서 한번 들렀는데……."

"그래 그래, 그 노친네들 다 잘 겪어 냈을 거야. 다 이겨 냈을 거라고. 마음 아픈 일이긴 하지만 오히려 잘된 일일 수도 있지."

며칠이 지난 뒤 나는 엄마가 아빠에게 말하는 소리를 들었다.

"아버지 어머니가 한순간에 재로 사라지셨으면 하는 마음

뿐이에요."

'재'라고? 그 말을 듣는 순간, 내 머릿속엔 빨갛게 달아올랐다가 꺼져 버리는 백열전구의 필라멘트가 떠올랐다. 어떻게 사람이 재로 변할 수 있지? 나는 그것에 관해 골똘히 생각해 보았다. 심지어 꿈도 꾸었다. 난 할아버지 할머니가 어딘가에 살아 있고, 어느 날 문이 열리며 그 자리에 서 있을 것만 같았다. 또 지붕도 완전히 고쳐서, 위층에 다시 크라머 아줌마가 살게 될 것만 같았다. 그럴 수만 있다면 애당초 폭탄 같은 것은 전혀 떨어지지 않은 것처럼, 끔찍하고 무시무시한 모든 일들이 다 지워질 것만 같았다.

3. 핵폭발 다음 날

핵폭탄이 떨어지고 난 다음 날 아침, 나는 풀다 지역에서 온 생존자들이 우리 집 앞을 지나가는 것을 보았다. 온통 피투성이인 그들은 옷인지 살인지도 모를 찢어진 조각들을 너널너덜 달고 있었다. 하지만 더 이상 쳐다볼 용기가 나지 않았다. 나는 유디트 누나를 부르려다가 그만두었다. 누나는 피만 보면 질색을 했기 때문이다. 속이 메스꺼웠다.

지나가던 사람들 가운데 한 사람이 창문 바로 앞에서 "물!" 하며 신음 소리를 내자, 나는 깜짝 놀라 부엌으로 도망쳤다. 하마터면 기절하는 줄 알았다. 잠시 후, 엄마가 길가로 난 창문의 커튼을 쳤다.

핵폭발 이후 며칠 동안, 우리는 반쯤 멍한 상태로 시간을 보냈다.

"조금만 참아. 우리는 가장 끔찍한 일을 겪은 거야. 곧 구호 단체들이 도착할 거야. 일단 도로를 깨끗이 치워야 들어올 수 있거든. 그때까지 힘든 시간을 잘 견뎌 내야 해. 곧 모든 게 제자리를 찾을 거야."

아빠가 우리를 다독거리며 말했다.

아빠는 곧 외부와 연결되어 생필품이 공급되고, 집 잃은 사람들을 위한 숙소가 세워지고, 부상자들을 보살필 수 있게 될 것이라고 생각한 모양이었다. 아마 상상도 못했을 것이다. 그때가 우리 모두 어느 정도 정상적인 생활을 할 수 있는 마지막 때였고, 그런 날들도 곧 지나가 버릴 것이라는 걸 말이다.

아니, 어쩌면 아빠는 알면서도 모르는 척 했던 것 같기도 하다. 왜냐하면 사흘째 되던 날, 차를 세워 둔 곳으로 올라가 나머지 짐들을 가져왔기 때문이다. 차는 우리가 세워 둔 곳에 그대로 서 있었다. 아빠는 더 이상 차문도 잠그지 않았다. 우리는 그 사실을 한참 뒤에야 알게 되었다.

이제 우리에겐 3~4주 정도는 충분히 지낼 옷가지가 있었다. 또 당분간 음식 걱정은 하지 않아도 되었다. 외할머니가 냉장고와 지하실에 먹을거리들을 넉넉히 채워 놓은 덕분이었다. 단지 전기가 끊겨 냉장고가 작동되지 않는 게 문제였다. 우리는 될 수 있는 한 곧 상하거나 곰팡이가 필 만한 것부터 먼저 먹었다.

하지만 이틀째 되는 날 벌써 우유가 동났고, 다음 날엔 빵이 떨어졌다. 나는 시내로 가서 우유나 빵이 있는지 알아보고 오겠다고 했지만, 엄마는 한사코 집 밖으로 내보내 주지 않았다. 내가 나갈 수 있는 곳은 집 뒤뜰뿐이었다. 거기서 보이는 것이라고는 들판밖에 없었다. 그저 황량한 풍경만이 지겹게 펼쳐져 있었다! 교회 종탑이 어디에 있었더라? 태양을 꼭 진홍색 쟁반같이 보이게 하는 이 어둠침침한 어스름은 어디서 온 걸까?

아빠는 빵과 우유를 구하러 시내에 나가 보았지만, 물건을 살 수 있는 곳은 한 군데도 없었다. 먹을 것을 준비하지 못한 사람들은 정말 힘겹게 하루하루를 보내고 있었다. 게다가 수많은 사람들이 살 곳을 잃어버리고 말았다. 쉐벤보른에서 집을 잃은 사람들은 대부분 친척이나 아는 사람 집에 피난처를 마련했지만, 풀다 근교에서 온 생존자들은 주린 배를 움켜쥐고 불편한 몸으로 거리를 헤매고 다녔다. 갈기갈기 찢어지고 불에 탄 옷을 입은 사람들에게 선뜻 구호품을 건네 주는 사람은 아무도 없었다.

"구조대는 어디에 있는 거야? 적십자는 어디서 뭘 하는 거야?"

"왜 우리를 도와 줄 연방군이 투입되지 않는 거야? 어째서 헬리콥터 한 대도 얼씬거리지 않는 거냐고? 여기가 외딴 곳도 아니고, 유럽 중심부에 있는데도 말이야!"

이런 의문의 목소리만이 점점 커져 갔다.

앞날을 전혀 예측할 수 없는 숨막히는 생활이 이어졌다. 자고 일어나면 날마다 새로운 소문들이 들려왔다. 그러나 정확히 아는 사람은 한 사람도 없었다. 신문도 없었고, 텔레비전도, 라디오도, 전화도 제 기능을 하지 못했다. 건전지를 넣어 사용하는 라디오도 더 이상 아무 소리도 잡아내지 못했다. 방송이 나오지 않다니 정말 이상한 일이었다.

"공기 중에 장애물이 있어서 방송이 안 나올 거예요. 전파 방해일 거라고요."

크라머 아줌마가 말했다.

"혹시 전쟁이 일어난 게 아닐까요?"

막켄호이저 부인이 물었다. 막켄호이저 부인은 크라머 아줌마가 현재 묵고 있는 집의 주인이었다.

"주파수를 잘못 맞추어서 그럴 수도 있어요."

크라머 아줌마가 말했다.

풀다 외곽에서 쉬벤보른으로 피난해 오는 난민들의 수가 매일매일 늘어났다. 아마도 쉬벤보른 병원에서 부상자를 돌보아 준다는 소문이 퍼진 모양이었다.

"벌써 환자들이 차고 넘쳐서 병원은 벌써 오래전에 문을 닫아 버렸는데. 차마 눈 뜨고는 볼 수 없는 광경이더구나."

시내에 나갔다 온 아빠가 말했다.

다음 날 아침, 깜짝 놀랄 만한 소문이 떠돌았다. 북쪽 지역에서 온 생존자들이 시내로 들어왔는데, 그 사람들 말이 카쎌도 사라졌다는 것이었다.

"이제 점점 더 확실해지는군…… 구조대가 오리라는 희망은 버려야 될 것 같아."

아빠가 말했다.

"그래도 보나메스의 집으로 돌아가야죠!"

엄마가 깜짝 놀라 소리쳤다.

그날부터 엄마는 몇 시간이고 한 자리에 앉아 시선을 앞에다 고정시킨 채 골똘히 생각에 잠길 때가 많았다. 그러느라고 케르스틴이 무릎 위로 기어올라가 품에 안겨 쓰다듬어 주길 바라는 것도 거의 알아차리지 못했다. 유디트 누나는 하루 종일 이불을 머리까지 뒤집어쓰고 침대에 누워 있다가, 아빠가 큰 소리로 호통을 칠 때만 일어났다. 예전에 아빠는 누나를 거의 야단친 적이 없었다.

핵폭발이 일어난 지 사흘째 되던 날, 크라머 아줌마가 살던 2층 지붕 뼈대 일부분이 무너졌다. 벽에서 커다란 시멘트 덩어리들이 보도로 떨어져 내렸다.

이제 분초를 다투는 급한 일들은 모두 아빠 몫이 되었다. 아빠는 유리가 깨진 창문들을 다시 막아 보려고 했다. 비바람이 집 안으로 들이쳤기 때문이다. 아빠는 할아버지의 작업장에서 찾아 낸 투명한 비닐 포장지를 크기에 맞게 잘라 창틀에다 대고 못을 박았다. 나는 옆에서 아빠를 도왔다. 소나기가 한 차례 지나가자, 침실 천장으로 비가 새어 들어왔다. 아빠와 나는 천장을 막았다. 일은 순조롭게 해결되었다. 운 좋게도 할아버지가 작업장에 온갖 연장들을 잘 갖추어 놓은 덕분이었다. 그러나 얼마 되지 않아 밤마다 작업장 문단속을 신경써야 할 일이 생겼다. 누군가 작업장에서 못 뭉치를 통째로 훔쳐 간 것이다. 다른 것으로 대체할 수도 없는 못을 말이다.

아빠는 매일 쉐베 강물을 한 양동이씩 퍼 날랐다. 쉐베 강물은 풀다 강물처럼 재로 뿌옇게 오염되지 않았다. 강물은 포겔스베르크에서 내려와, 쉐벤보른 뒤쪽으로 몇 킬로미터 떨어진 곳을 지나, 풀다로 흘러들었다. 그래서 쉐베 강물은 불타 버린 풀다 지역을 전혀 지나쳐 오지 않았다. 하지만 물이 오염되었을까 봐 걱정이 된 엄마는 강물을 떠다 먹는 것을 반대했다. 엄마는 아빠에게 강물 대신 샘물이나 우물물을 찾아보라고 했다. 아빠가 토박이들에게 수소문해 보니, 숲 주변에 샘물이 많이 있다고 했다. 그러나 거기까지 걸어가는 시간이 만만치 않았다. 우물물은 성의 뜰에 있는 것을 제외하고 쉬벤보른에서 자취를 감춘 지 오래였다. 하지만 그 우물도 말라버려서 아무 소용이 없었다.

"이 지역이 방사능에 오염되었다면 물뿐만 아니라 공기도 들이마시지 말아야 하고, 땅에 발도 대지 말아야 해. 하지만 우리 가운데 그렇게 하는 사람은 아무도 없어. 오염을 완전히 피하려면 여기에 있지 말아야지. 이곳에서 아무 일도 일어나지 않았다면, 우리는 모든 것을 만지고, 먹고, 마실 수 있겠지. 하지만 벌써 오래 전에 모든 것이 오염되었다면 우리는 이미 때를 놓친 거야."

아빠가 말했다.

"꼭 그렇게 비관적으로 말해야 되겠어요, 당신?"

엄마가 흥분해서 물었다. 그 와중에도 엄마는 그릇을 소독할 물을 끓이고 있었다.

"삶는 걸로는 기껏해야 티푸스 균 따위나 예방할 수 있어.

쉐벤보른도 머지않았지. 티푸스 돌 때가 되었다고."

아빠가 말했다.

"그만해요, 그만하라고요!"

엄마가 소리쳤다.

"당신 정말로 사람 맥 빠지게 하네요. 우리한테 아직도 살아남을 기회가 있다고, 당신 입으로 말하지 않았던가요?"

작업장 옆에 있는 헛간에는 오래된 석탄 화덕이 하나 세워져 있었다. 할머니가 화덕을 폐품 수거용 쓰레기로 버려야 할지, 아니면 돈을 받고 팔아야 할지 결정하지 못하고 놓아 둔 것이었다. 우리는 그것을 부엌으로 들여 와 전자레인지 대신 사용했다. 엄마는 다시 불 피우는 연습을 해야 했다. 우리는 다 타서 숯 검댕이 된 지붕 뼈대의 버팀목들을 톱으로 잘라 부엌에서 장작으로 썼다.

우리는 물을 아껴 써야 했다. 욕조에 몸을 담그고 하는 목욕 같은 건 생각할 수도 없었다. 저녁이면 아빠는 양동이에 물을 담아 절반은 나에게 부어 주고, 나머지 절반으로 몸을 씻었다. 엄마와 유디트 누나는 큰 대야에 물을 담아 놓고 씻었는데, 두 사람이 씻고 나면, 그 다음은 케르스틴 차례였다. 엄마는 케르스틴을 대야에 넣어 씻긴 뒤, 그 물로 부엌 타일을 청소했다. 예전 같았으면 이런 고양이 세수 같은 목욕에 온 식구가 코를 찡그렸을 것이다.

서서히 흐릿한 기운이 걷히고, 다시 해가 났다. 무덥고 햇살 좋은, 본격적인 수영 시즌이 이어졌다. 우리는 즐거웠던 지난 여름을 떠올렸다. 우리가 거의 매일 찾았던 수영장은 문이 닫혀 있었다. 나는 쉐베 강에서 수영하게 해 달라고 졸랐다.

"너, 정말로 쉐벤보른 사람들이 먹고 마시는 물을 휘젓고 다니며 수영하겠다는 거냐?"

아빠가 물었다.

"더구나 바로 옆에 이렇게 비참한 사람들을 두고도 물속에서 즐겁게 시간을 보낼 수 있을 것 같니?"

엄마가 덧붙여 말했다. 그건 엄마 말이 맞았다.

수세식 변기도 더 이상 사용할 수 없었다. 엄마는 이제 쓸모가 없어진 차고에 양동이 하나를 갖다 놓았다. 용변으로 채워진 양동이는 작업장 뒤편 퇴비 더미에다 비웠다. 그곳에는 수거해 가는 사람이 없어 쓰레기가 무더기로 쌓여 있었다. 쓰레기 더미에서 곧 악취가 나기 시작했다. 고약한 냄새 때문에 크라머 아줌마가 화를 냈지만, 어쩔 도리가 없지 않은가?

아빠가 당장 내 일손을 필요로 하지 않을 때면, 나는 커튼 뒤 창가에 앉아 몰래 바깥을 살펴보았다. 노숙자들이 무리 지어 지나가며 물과 먹을 것을 구걸하는 게 보였다. 그들은 반쯤 헐벗은, 비참하고 절망적인 모습이었다. 하지만 나는 더 이상 부엌으로 도망치지 않았다.

한번은 밖을 내다보다가 엄마에게 들키고 말았다. 혼쭐이 날 거라고 생각했는데, 엄마는 야단치지 않았다. 그 대신 내 머리를 쓰다듬으며 울기 시작했다. 그러자 나도 눈물이 났다. 엄마는 내 어깨를 팔로 감싸더니, 창문에서 멀찌감치 떼어 놓았다.

"저 사람들 눈에 띄면 안 돼. 그럼 저 사람들을 끌어들여야 해. 식량이 얼마 남지 않았어. 우리도 먹고 살아야 하니까, 잘 간수해야 해."

엄마가 말했다.

그 말을 듣자, 나는 울음을 그쳤다.

"하지만 만약 내가 저 사람들처럼 구걸을 하러 다니면요? 아니, 그게 바로 케르스틴이라면요?"

내가 물었다.

"나도 이럴 수밖에 없는 내 자신이 밉단다. 하지만 너희들을 희생시켜 가면서 다른 사람을 구해 줄 수는 없잖니?"

엄마가 우울한 목소리로 말했다.

나흘이 지나자 나는 집 안에만 있는 것을 도저히 견딜 수 없었다. 나는 아빠가 말했던 모든 것을 눈으로 직접 보고 싶었다! 나는 애걸복걸하며 졸라 댔다. 엄마는 허락하고 싶어 하지 않았지만, 결국 아빠가 엄마에게 말했다.

"나가게 해 줘. 롤란트는 강해. 지금까지 세 아이 중 가장 잘 이겨 냈어. 애들도 이젠 서서히 상황에 익숙해져야지. 그리고 나도 어차피 계속해서 혼자 모든 일을 감당할 수는 없어. 롤란트는 열두 살이야. 곧 열세 살이 된다고. 당신이나 내 일을 많이 도울 수 있는 나이야. 이를테면 물을 길어 오는 일 같은 것 말이야."

아빠는 내 손에 양동이를 쥐어 주며 쉐베 강으로 보냈다. 나는 양동이를 흔들며 슐로쓰파크를 지나갔다. 뒤돌아서서 시내를 한번 둘러보았다. 그러나 그건 내가 알고 있던 쉐벤보른의 모습이 아니었다. 교회 종탑도 없었고, 완전히 폐허로 변해 있었다. 그러나 변하지 않은 것이 있긴 했다. 햇살 가득한 파란 하늘이 펼쳐진 여름날은 변한 게 없었다.

"너, 뭘 훔치려고 왔지?"

슐로쓰파크 근처 농장에서 어떤 아줌마가 물었다.

"썩 꺼지지 않으면 몽둥이찜질 당할 줄 알아!"

아줌마는 삽을 들고 나를 위협했다. 전혀 모르는 아줌마였다. 나는 혹시 다른 사람한테 그러는 건 아닌지, 주위를 둘러보았다. 비로소 나는 아줌마가 나를 구걸하는 아이로 여기고 있다는 걸 알았다. 그 일로 나는 난민들이 굶어 죽지 않으려고 농장을 약탈한다는 것을 깨달았다.

나는 양동이 하나 가득 쉐베 강물을 담아서 집으로 돌아왔다. 그러고는 다시 잽싸게 도망쳐 나왔다. 또 집에 머물러 있을 수는 없었다!

볼 게 아주 많았다. 말레크 할머니와 할아버지가 전에 살던 집의 잔해 더미를 파헤치고 있었다. 그분들이 살던 집은 폭탄이 떨어지던 날, 바람이 방향을 바꾸기 직전에 다 타 버렸다. 말레크 할머니는 쓰레기 더미에서 쓸 만한 것들을 찾아 자루에 담고 있었다. 혼잣말로 중얼거리는 할머니의 얼굴로 눈물이 흘러내리고 있었다.

말레크 할아버지는 우리 할아버지와 함께 초등학교를 다닌 분이었다.

"롤란트, 그 양반들 아직까지도 집에 안 돌아오셨냐?"

할아버지가 나를 쳐다보며 물었다.

나는 고개를 저었다.

"그 양반들, 나한테도 물었지. 함께 풀다에 가지 않겠느냐고 말이야. 하지만 우린 시간이 없었어. 그때 함께 갔어야 하

62

는 건데!"

할아버지가 중얼거렸다.

"감사한 줄 알아요."

말레크 할머니가 말했다. 할머니의 모습이 얼마나 비참하고 지저분했는지, 난 사실 처음에 할머니를 전혀 알아보지 못했다.

"그래도 우리는 운이 좋았어요. 마이쓰너 씨네 집에 방도 얻었고, 아직 농사지을 밭도 있잖아요. 최소한 굶어 죽을 걱정은 없어요. 적어도 당분간은 말이에요."

"앞으로가 막막하니까 그렇지……."

할아버지가 한숨을 쉬며 말했다.

모퉁이에 있는 식품 가게 앞에 사람들이 몰려 있었다. 나는 열려 있는 창문으로 안을 들여다보았다. 케른마이어 부인이 계산대에 앉아 있었다. 봉지 가득 먹을거리를 산 사람들이 계산대 앞에 길게 늘어서 있었다. 케른마이어 씨는 입구에 서서 한 번에 열 명씩만 들여보내고 있었다.

"외지 사람들이 약탈해 가기 전에 빨리 물건을 팔려고요."

케른마이어 씨가 말했다.

"그래요. 이제 흥청망청하던 시대는 지나갔어요. 다시 1945년 2차 세계대전 때처럼 헐벗은 삶이 시작된 거예요!"

"도대체 이렇게 점잖게 줄을 서야 하는 이유가 뭐지요? 옛날 규칙들은 이제 통하지 않아요."

어깨에 붕대를 두른 젊은 여자가 말했다.

몇몇 사람이 고개를 끄덕였다. 그러나 모두들, 젊은 여자까지도 우물쭈물하며 기다리다가 순서를 따라 천천히 케른마이어 씨 쪽으로 다가갔다.

거리로 나오자, 길 양 옆으로 아무렇게나 세워져 있는 많은 자동차들이 눈에 띄었다. 부서진 건물 잔해 아래 파묻힌 차들도 있었고, 불에 탄 차들도 있었지만, 나머지 차들은 두터운 먼지로 뒤덮였을 뿐, 아직 타고 다닐 만해 보였다. 하지만 굴러다니는 차는 한 대도 없었다. 도로는 어느새 보행자 전용 도로로 변해 있었다. 사람들은 대부분 양동이와 플라스틱 물통을 흔들며 지나가고 있었다. 모두 물을 뜨러 가는 길이었다.

얼마쯤 가다가, 미키 슈베르트를 만났다. 잘 아는 애였다. 방학 때마다 함께 놀았는데, 나랑 나이도 거의 같았다.

"너희 식구들은 운이 좋았어. 프랑크푸르트도 전부 당했다고 하더라."

미키가 말했다.

나는 놀라서 미키를 빤히 쳐다보았다. 우리 집 개 생각이 절로 났다. 곧이어 켈러만 아줌마와 프랑크 켈러만, 그리고 산드라 켈러만도 생각났다. 프랑크는 유디트 누나와 동갑이었고, 산드라는 한 살 위였다.

"잘 가. 난 학교에 가 봐야 해."

미키가 말했다.

"왜? 지금은 방학이잖아."

나는 아직도 뭐가 뭔지 완전히 감을 잡을 수 없었다.

"엄마가 학교 야외 취사장에 계시거든. 소방대원들이 집 잃은 사람들과 다친 사람들에게 음식을 나눠 주고 있어. 학교가 그 사람들로 꽉 찼어. 학교 마당까지 말이야. 어제는 사람들이 너무 많이 와서, 소방대원들이 사람들을 시청과 유스호스텔에 데리고 갈 정도였어. 하지만 음식이 모두에게 돌아갈 만큼 충분하지 않아."

미키가 말했다.

"우리 할머니 할아버지는 돌아가셨어."

내가 말했다.

"알고 있어. 풀다에서 일하던 쉐벤보른 사람들 가운데 돌아온 사람은 아무도 없어. 여기서도 300명이 넘는 사람들이 죽었다고 하더라. 하지만 정확한 수는 아무도 몰라."

말을 마친 뒤, 미키는 뛰어가 버렸다. 그리고 뒤돌아보더니, 큰 소리로 말했다.

"크리스토프도 죽었어. 너, 그 애 기억하니? 작년 여름에 우리랑 오두막을 지었던, 목사님 아들 말이야. 목사님네 가족은 엘케만 빼고 모두 죽었어. 엘케는 지금 우리 집에 살고 있어. 그 앤 이제 겨우 여덟 살이야. 마인하르트 씨네도 집을 잃어서 우리 집 지하실로 옮겨 왔어. 지금 우리 집은 사람들 때문에 터질 지경이야."

나는 병원까지 계속 걸어갔다. 병원 정문 아치로 들여다본 광경은 정말 믿고 싶지 않았다. 부상자들이 맨 바닥에 길게 줄을 지어 누워 있었는데, 대부분은 반쯤 벌거벗었거나 완전히 벌거숭이였다. 그들 옆에는 보호자인 듯한 사람들이 쪼그리고 앉아 있었다. 아이들은 사람들에 걸려 넘어지면서도 형제자매와 부모를 찾으려고 이리저리 울며 돌아다녔다. 부모들도 다친 아이들을 찾아다녔다.

정문을 지나는 동안, 나는 보고 또 보았다. 참혹하기 짝이 없는데도 눈길을 뗄 수 없었다. 얼굴에 화상을 입은 여자가 누워 있었다. 얼굴은 완전히 부어 올랐고, 머리카락도 그슬려다 빠져 버렸다. 한쪽 귀는 잘려 나가 귀 자리에 피딱지만 남아 있었다. 그걸 보고 나는 토할 것 같았다. 여자 옆에는 유디트 누나 정도 되어 보이는 여자아이가 누워 있었다. 여자아이는 젖가슴이 약간 솟아 있었다. 하지만 옷이라곤 청바지 하나만 걸쳤을 뿐, 다른 데는 실오라기 하나 걸치지 않았다. 바지 역시 여러 군데 그슬려 있었고, 타서 구멍이 숭숭 난 곳도 있었다. 두 다리는 긁힌 상처로 만신창이가 되었는데, 바지가 맨살에 들러붙어 있었다. 한 군데는 뼈가 다 보일 정도였다. 내가 빤히 쳐다보자, 여자아이는 얼굴이 빨개지며 두 손으로 가슴을 가렸다.

　나는 눈길을 돌려 줄지어 누워 있는 사람들을 둘러보았다. 남자, 여자, 아이들이 뒤섞여 있었다. 여기저기 다친 사람들, 몸의 일부가 잘려 나간 사람들, 화상을 입은 사람들이 나란히 누워 있었다. 사람들은 대부분 살갗이 벗겨져 너덜거렸다. 자기가 토해 놓은 토사물 위에 누워 있는 사람도 있었고, 자기 몸에서 흘러 나온 피에 잠겨 있는 사람도 있었다. 똥오줌 냄새도 물씬 풍겼다. 목이 타서 물을 달라고 외치는 사람들이 애걸하는 소리와 신음 소리, 탄식 소리가 마치 물결치듯 한 번은 크게, 한 번은 작게, 그 다음엔 다시 부풀어 올라 거친 울음이 되어 길거리로 밀려왔다.

　"애, 물 좀 갖다 줄래, 응?"

긁힌 상처로 만신창이가 된 다리를 한 여자아이가 신음하며 말했다.

나는 고개를 끄덕이고 집으로 달려갔다. 병원에서 집까지는 그다지 멀지 않았다. 집에 도착하자마자, 나는 우유 주전자에다 양동이에 남은 물을 마저 부었다.

"물 다시 떠 와야 해."

엄마가 말했다.

"알았어요. 금방 떠 올게요."

나는 얼른 대답하고 엄마가 나가는 걸 말릴까 봐 잽싸게 우유 주전자를 들고 뛰어나왔다.

여자아이는 몸을 일으키지 못했다. 나는 여자아이의 입에 주전자를 대 주었다. 아이는 게걸스럽게 물을 마셨다. 그러자 아이 주변에 있던 다른 부상자들이 물을 달라고 소리쳤다. 그들은 이성을 잃은 채, 내 손에서 주전자를 낚아채 서로 먼저 물을 먹겠다고 밀쳐 댔다. 나는 그들이 더 이상 사람처럼 여겨지지 않았다. 그리고 사실 그들 모습 역시 거의 사람이라고 보기 힘든 몰골이었다. 나는 주전자가 다 빌 때까지 물을 나누어 주었다. 주전자 가장자리에 침, 피, 그리고 고름이 여기저기 묻어 있었다. 구역질이 났다. 그런데 귀가 잘려 나간 아줌마는 물을 달라고 구걸하지 않았다. 나는 이상해서 아줌마에게 몸을 숙이고 물었다.

"아줌마, 물 좀 드실래요?"

하지만 아줌마는 대답이 없었다. 눈을 크게 뜨고 누워서 꼼짝도 하지 않았다.

"아줌마한테는 이제 물이 필요 없어. 죽었거든."

여자아이가 말했다.

"여기 누가 죽었어요!"

나는 벌떡 일어나 소리쳤다. 곧 사람들이 달려올 거라고 생각했다. 그러나 내 고함 소리에 신경 쓰는 사람은 아무도 없었다.

"여기도 있단다, 애야. 여긴 죽은 사람들로 가득하지. 그 부인은 다음 손수레가 시체들을 거두어 갈 때까지 기다려야 한단다. 적어도 그 점에 있어선 질서가 잘 잡혀 있지. 우선 이런 것에 익숙해져야 해."

죽은 아줌마보다 두 줄 뒤에 누워 있던 할아버지가 말해 주었다.

나는 좀 더 자세히 둘러보았다. 그러자 할아버지 말이 옳다는 걸 알 수 있었다. 손가락 하나 까딱하지 않고 누워 있는 사람들이 많았고, 온몸의 뼈가 뒤틀린 사람들도 있었다. 한 아줌마가 비명을 지르며 꼬마 아이를 흔들고 있었는데, 아이는 물에 젖은 헝겊처럼 아줌마 팔에 매달려 있었다. 한쪽 다리가 잘려 나간 젊은 남자는 푸르스름하고 창백한 얼굴로 두 눈을 감고 누워 있었다. 동강난 다리에는 겨우 응급 조치로 붕대가 감겨 있었는데, 붕대는 완전히 피로 물들어 있었다. 얼마 후, 죽은 사람들을 거두어 가는 사람들이 그 남자를 들것에 실었다. 사람들은 비명을 지르며 울던 아줌마한테서 억지로 아이를 떼어 내어, 젊은 남자의 가슴 위에 비스듬히 얹었다. 남자의 잘려 나간 다리에서 붕대가 풀려 떨어지는 것이 보였다. 완전히 갈기갈기 찢겨 너덜거리는, 피 묻은 살이 드러났다.

그 모습을 보고 나는 기절하고 말았다.

눈을 떠 보니, 여자아이 옆에 누워 있었다. 햇살이 얼굴로 쏟아졌다. 한 아줌마가 양동이를 들고 다니며 사람들에게 물을 나눠 주고 있었다. 아줌마는 자기 힘으로 컵을 들 수 없는 사람들에게는 직접 입에다 컵을 대 주었다. 많은 사람들의 입에서 물이 새어 나왔다.

나는 목이 마르긴 했지만 아줌마가 다가오기 전에 벌떡 일어나 달려 나왔다.

정문을 지나갈 때였다. 방금 전 시체를 거두어 간 사람들이 바퀴가 두 개 달린 손수레를 밀면서 가고 있었다. 손수레는

덮개로 덮여 있었다. 나는 그 뒤를 따라갔다.

"썩 물러가라, 애야. 이건 애들이 볼 것이 못 돼."

한 사람이 뒤돌아보며 말했다.

나는 그 사람들이 앞서 가도록 잠깐 멈춰 서 있었다. 그런 다음 다시 그들을 뒤따라갔다. 그들은 쉐베 강 옆 넓은 초원 지대인 '블라이헤(천을 표백해 말리던 풀밭)'로 손수레를 끌고 갔다. 거기에는 땅을 파내어 만든 커다란 구덩이가 하나 있었다. 사람들은 죽은 사람의 팔과 다리를 붙잡고 그네를 태우듯 흔들어 구덩이 속에 던져 넣었다. 나는 죽은 아이의 엄마가 생각났다. 사람들이 다시 손수레를 밀며 돌아간 뒤, 나는 구덩이 속을 들여다보았다. 하지만 죽은 사람들 위에 석회 가루를 뿌려 놓아 잘 보이지 않았다.

집에 돌아왔을 때, 나는 우유 주전자가 없어진 걸 알았다. 아무리 찾아보아도 찾을 수 없었다. 병원에도, 블라이헤 풀밭에도 없었다. 나는 석회 가루 속으로 빠져 들어갔다고 생각했다.

4. 고아가 된 아이들

    그날부터 나는 집에 있는 시간보다 병원에 있는 시간이 더 많아졌다. 그래서 아빠는 화가 나 있었다. 아빠가 일하는 데 내 일손이 필요했기 때문이다. 그러나 나는 "유디트 누나도 있잖아요. 왜 누나는 한 번도 물을 떠 오지 않는 거예요? 병원에는 할 일이 정말 많단 말이에요."라고 말했다.

    처음에 나는 여자아이만 돌봐 주려고 했다. 하지만 곧 다른 환자들도 나를 부르며 도와 달라고 했다. 매일 새로운 환자들이 병원으로 왔다. 가족들은 마지막 힘을 다해 환자들을 끌고 병원으로 몰려들었다.

    나는 할 수 있는 한 최선을 다해 그들을 도왔다. 그러나 대부분의 시간은 여자아이를 돕는 데 보냈다. 나는 먹을 것을 몰래 가져와 아이에게 주었다. 하루에 세 번씩 나누어 주는 수프가 날이 갈수록 묽어졌기 때문이다. 유디트 누나의 옷을 갖다 주었을 때 아이는 정말로 기뻐했다.

여자아이가 자기 이야기를 조금씩 털어놓기 시작했다. 이름은 아네테 로트만이었고, 가족 가운데 유일한 생존자였다. 쉬벤보른과 풀다 중간쯤에 살았는데, 집 뒤 비스듬한 등성이 덕분에 폭발 후 압력의 파동이 약해져서 살 수 있었다. 아네테의 아빠와 세 남동생은 풀다에서 목숨을 잃었고, 엄마와 할머니는 집에 있다가 부서져 내린 파편 더미에 파묻혀 죽고 말았다. 폭탄이 떨어졌을 때, 정원에서 일을 하고 있던 할아버지는 심하게 다쳤지만, 파편 더미에서 아네테를 꺼내 주었다. 할아버지는 이리저리 할머니를 찾아보았지만, 겨우 할머니 안경만 찾아냈을 뿐이었다. 안경은 찌그러진 곳 없이 말짱했다. 주변엔 움직이는 것이 아무것도 없었고, 풀다의 모든 것이 죽어서 재가 되었다.

다리에 입은 상처와 가슴의 타박상 때문에 아네테는 걸을 수 없었다. 아네테는 할아버지의 부축을 받아야 했다. 할아버지는 아네테와 함께 포겔스베르크로 피난을 가려고 했다. 그곳은 방사능에 오염되지 않았을 거라고 믿었기 때문이다. 하지만 포겔스베르크로 이어지는 다리를 찾을 수 없었다. 그래서 두 사람은 풀다 강변으로 천천히 이동해 왔다. 강에는 적어도 사람을 반쯤 미치게 하는 갈증을 달래 줄 물이 있었다. 아네테가 배가 고프다고 투덜대자 할아버지는 몹시 기뻐했다. 배고픔이 살려고 하는 의지의 표시라고 생각했던 것이다.

두 사람은 파괴된 마을 과수원에서 풋사과를 몇 개 땄다. 아직 설익었는데도 사과는 갈색이었으며, 구운 것처럼 쭈글쭈글했다. 바람이 불 때마다 나뭇잎이 떨어졌다. 꼭 가을 같았다.

쉐벤보른에 거의 다 왔을 때였다. 한 시골 아줌마가 두 사람에게 다 말라 버린 고깔 모양의 카스텔라를 선물했다.

"그 일이 있기 전에 만든 거예요. 난 한 입도 안 먹었어요. 우리 딸이 구웠거든요. 그 애는 풀다에 남아 있어요."

아줌마가 말했다.

그 후 두 사람은 쉐벤보른에 도착했고, 물어물어 병원까지 찾아왔다. 거리에서 소리를 지르며 도움을 요청하는 부상자 무리에 떠밀려, 두 사람은 병원 건물 안에 자리를 잡지 못하고 마당에 몸을 눕힐 수밖에 없었다. 아네테와 할아버지는 밤마다 추위에 떨었다. 아침이면 이슬 때문에 사방이 축축하여, 할아버지는 엎드려 있을 수밖에 없었다. 할아버지는 몸에 열이 있었고, 노란 가래를 토하면서 계속 물을 찾았다. 어두운 반점들이 온몸을 뒤덮더니, 머리카락이 빠지기 시작했다. 할아버지는 돌아가시기 직전까지도 아네테에게 말했다.

"이겨 내라. 너라면 할 수 있을 거야."

얼마 후 그 사람들이 와서 할아버지를 짐짝처럼 싣고 갔다.

나는 엄마 아빠와 이야기를 해 보았다. 아네테를 우리 집에 데리고 오자고 졸랐지만, 엄마는 반대했다. 엄마는 이 비참한 상황에 관한 것이라면 어떤 것도 보고 싶어 하지 않았다. 하지만 아네테를 데리고 왔어도, 우리 집에 오래 둘 필요는 없었다. 아네테는 점점 더 허약해졌다. 내가 먹여 주어도 더 이상 아무것도 먹지 않았고, 속만 메스꺼워 했다. 설사를 하더니, 마지막엔 피까지 토했다. 머리카락이 한 움큼씩 빠졌고, 다리에 난 상처들은 죄다 곪았다. 죽기 이틀 전부터, 아네테는 병원 지하실로 옮겨져 매트리스에 누울 수 있었다. 그러고 난 후, 아네테도 실려 나갔다. 나는 아네테의 뒤를 따라갔다. 혼자 내버려 두고 싶지 않았다.

"어리석은 녀석! 이 앤 죽었어."

아네테를 싣고 가던 사람이 말했다.

맞는 말이었다. 하지만 나는 아네테에게 내가 더 이상 필요하지 않다는 사실에 그렇게 빨리 익숙해질 수 없었다.

풀다와 카쎌뿐만 아니라 연방공화국(*옮긴이 주－독일 통일 전, 독일이라는 표현보다 동독에 대비하여 주로 서독을 칭할 때 사용하던 명칭) 대도시 전부가 파괴되었고, 수백만 명의 사상자가 발생했다는 소문이 끊이지 않고 계속되었다. 그러나 엄마는 단지 "내 눈으로 직접 보기 전엔 절대 믿을 수 없어."라고 말할 뿐이었다.

아빠는 그 소문에 관해 아무 말도 하지 않았다. 나는 아빠가 그 소문을 누구보다도 믿고 싶어 하지 않는다는 걸 눈치챘다. 그러나 아빠는 내심 소문들이 옳다고 확신하고 있었다.

아네테가 죽은 뒤에도 나는 병원에서 사람들을 도왔다. 밀어닥치던 부상자들의 물결이 약간 주춤했다. 24시간 동안 거의 쉬지 않고 일하던 의사들도 안도의 한숨을 내쉬었다. 그러나 그 사이 블라이헤 풀밭은 구덩이를 만드느라 마구 파헤쳐졌다. 어떤 사람은 구덩이가 열두 개라고 했고, 또 어떤 사람은 열다섯 개라고 주장했다. 구덩이 속에는 쉐벤보른 사람들과 외지 사람들이 나란히 누워 있었다.

"난 묘지에 묻히고 싶어요! 그게 죽을 사람이 말할 수 있는 최소한의 요구 아닌가요?"

병원 맨 위층 복도에서 늙은 부인이 새된 소리로 외쳤다.

그러고는 죽은 사람들을 거두어 가는 사람들에게 뇌물을 주었다. 나는 부인이 그들에게 천 마르크짜리 지폐 한 장을 건네는 걸 두 눈으로 똑똑히 보았다. 보아하니 부인은 악어 가죽 가방에 많은 돈을 지니고 있는 것 같았다. 그러나 그것이 온몸에 퍼져 있는 어두운 반점들과 빗에 쓸려 나오는 한 움큼의 머리카락같은 방사선 질병을 막아 주지는 못했다.

그 사람들은 어깨만 으쓱해 보일 뿐, 아무도 돈을 받지 않았다.

"블라이헤 풀밭이 병원에서 더 가까워요. 그런데 묘지는 시내 뒤쪽 언덕 위에 있잖아요. 게다가 언덕으로 가는 길에는 여기저기 폐허 더미가 쌓여 있어요. 이해하세요, 부인. 그건 안 됩니다. 우리도 부인 부탁을 들어드릴 수 있다면 오죽 좋겠어요. 돌아가신 뒤에 며칠 동안 어딘가에 묻히지도 못하고 여기에 아무렇게나 누워 있고 싶으세요? 이 한여름 더위에?"

한 사람이 말했다.

"하지만 난 그렇게 비좁은 곳에서 누군가 옆에 누워 있는 일에 익숙하지 않아요."

부인이 큰 소리로 하소연했다.

그들은 짜증을 내며 서둘러 일했다.

"공동 묘지로 가는 길에 쌓여 있는 폐허 더미들을 어서 치워야 해요!"

부인이 소리쳤다.

솔직히 부인이 불쌍했지만, 정말 이기적이라는 생각도 들었다. 거리에 산더미처럼 쌓여 있는 폐허를 치우는 일보다 중요한 일이라곤 없는 것처럼 말하다니!

그보다 더 중요한 일들은 얼마든지 있었다. 예를 들면 먹을 것을 확보하는 일 같은 것 말이다. 이제 사람들은 어렴풋하게나마 지금보다 훨씬 더 어려운 시간이 닥쳐오리라는 것을 깨달았다. 더 이상 살 물건이 없었다. 무엇보다도 식품과 약품이 없었다. 노숙자들이 슈퍼마켓 두 곳을 약탈했다. 처음엔 그들을 저지하던 쉐벤보른 사람들도 나중엔 그들과 함께 약탈했다. 마가린 상자와 햄 덩어리, 식용유 그리고 초콜릿을 둘러싸고 치열한 싸움이 벌어졌다. 한 노숙자는 치즈 한 덩어리를 놓고 싸우다가 다른 노숙자를 때려죽였다.

슈퍼마켓 다음은 소규모 식품 가게와 빵집, 정육점이었고, 마지막엔 옷 가게와 신발 가게, 철물점 그리고 장난감 가게로 약탈이 이어졌다. 그러나 전자 제품에는 아무도 관심을 두지 않았다.

간호사와 간호 조무사들은 병원 맞은편에 있는 약국에서 약을 가져왔다. 그때 나도 거기 있었는데, 약사 아저씨가 우리를 도와주었다. 그런데 약탈자들이 약이 든 병과 캔, 상자 등이 담긴 바구니를 빼앗으려고 했다. 우리는 그들과 몸싸움을 벌였고, 그 결과 약은 지켜 낼 수 있었다.

키오스크(거리나 쇼핑몰 등에서 담배나 신문, 잡다한 편의물품 등을 판매하는 간이 매점)와 담배 자판기도 남김없이 약탈당했다. 그 다음엔 주유소 차례였다. 사람들은 양동이와 주전자에 기름을 담아 집으로 가져갔다. 모두들 나중을 위해 확실하게 피난 준비를 해 두려는 것이었다. 아직 쉐벤보른 주변 도로는 뚫리지 않은 상태였다. 그 와중에 집 한 채가 화염에 휩싸였고, 이웃해 있던 두 집도 함께 타 버렸다. 대학생이 실수로 담배꽁초를 휘발유 통에 떨어뜨려서 일어난 불이었다. 이웃집 사람 가운데 한 사람이 대학생을 때려죽였다. 그러나 살인자를 체포하거나 처벌하는 사람은 아무도 없었다.

나는 한 무리의 젊은 남자들이 마트하이쎈 씨네 자전거 가게의 쇼윈도로 기어들어가 자전거를 끌고 나오는 걸 보았다. 마트하이쎈 씨는 가게 건물 앞벽이 부서지는 바람에 목숨을 잃었다. 마트하이쎈 부인은 너무도 흥분한 나머지, 자전거를 누가 가져가든 말든 신경 쓸 겨를이 없었다.

자전거가 있으면 어디든 갈 수 있었고, 쓰레기 더미도 넘어 다닐 수 있었다. 하지만 도대체 저걸 타고 어딜 가겠다는 걸까?

한번은 아빠가 거칠게 숨을 몰아쉬며 병원 정문을 지나가는 걸 보았다. 아빠는 어깨에 자루를 하나 메고 있었다. 아빠도 약탈을 한 것이었다. 집에 돌아오니, 자루가 작업장에 세워져 있었는데, 석탄이었다. 아빠는 석탄을 더 가져오려고 유디트 누나를 데리고 나가고 없었다.

"도대체 어디에 쓰려고 석탄을 가져온 거지? 추워지기 전에 벌써 우리는 여길 떠나고 없을 텐데!"

엄마가 화가 나 소리쳤다.

"그럼 우린 어디로 가는 거예요?"

나는 놀라서 물었다.

"어디긴 어디겠어? 당연히 집이지! 어서 아빠한테 뛰어가 유디트 좀 데려오렴. 누나, 울면서 갔어."

엄마가 소리 질렀다.

나는 아놀드 씨의 상점 앞마당에서 두 사람을 찾아냈다. 아빠와 누나는 미친 듯이 석탄을 퍼 모으는 사람들 틈에서 석탄을 자루에 담고 있었다. 얼굴은 온통 석탄가루투성이였다. 유디트 누나의 두 뺨으로 가느다란 눈물이 흘러내리고 있었다. 누나는 나를 보자, 옷소매로 얼굴을 닦았다.

"집에 가, 내가 할게."

내 말이 끝나기가 무섭게 누나는 집 쪽으로 달려갔다.

내가 자루를 메고 집에 도착했을 때, 누나는 집에 없었다. 나는 누나를 찾아 사방으로 돌아다녔다. 뒤늦게 엄마는 누나가 플라이엔항에 있는 할아버지의 정원에 갔을지도 모른다는 생각을 해냈다. 누나는 정말로 그곳에 있었다. 누나는 정원 앞에 놓아 둔 의자에 앉아 긴 갈색 머리를 빗으로 빗고 있었다. 빗은 할머니 것이었다. 할머니는 가르텐하우스(정원의 정자 역할을 하거나, 혹은 농기구를 보관하거나, 잠도 잘 수 있게 나무로 만든 작은 집) 대들보 위, 늘 같은 자리에 빗을 놓아 두었다.

누나는 내가 오는 소리를 듣지 못했다. 잔디 위로 바람이 물결치고 있었고, 나무들이 '쏴쏴' 소리를 냈다. 그때 누나가 나지막이 노래하는 소리가 들렸다. 노랫소리에 나는 기분이 좋아졌다.

그때부터 엄마는 유디트 누나가 집 밖으로 나가는 걸 허락했다. 누나는 매일 정원으로 갔다. 비가 오는 날에도 쉬지 않고 말이다. 케르스틴은 누나가 데리고 갈 때까지 징징거리며 떼를 썼다. 나는 종종 병원 창문으로 둘이 지나가는 걸 보았다. 그때마다 유디트 누나는 옆도 뒤도 돌아보지 않았고, 누가 말을 걸어도 대답하지 않았다. 하지만 케르스틴은 이것저것 볼거리가 많은 탓에 맨날 누나한테 질질 끌려가다시피 했다.

정말 그림처럼 아름다운 여름이었다. 날마다 햇빛이 내리쬐어 무더웠고, 수영과 도보 여행하기에 딱 좋은 날씨가 이어졌다. 그러나 감히 수영을 한다거나, 들이나 숲의 끝자락을 따라 도보 여행을 한다거나, 산딸기나 나무 열매 같은 것을 꺾을 용기를 내는 사람은 한 사람도 없었다. 실개천과 숲, 열매들은 방사능에 오염되었을 가능성이 컸기 때문이었다. 사람들은 사방에 위험이 도사리고 있다고 느꼈다. 평화로운 풍경도 더 이상 없었고, 자연도 안전하지 못하다고 여겼다. 그러면서도 쉬벤보른 사람들은 대부분 쉬베 강에서 물을 떠 왔다. 물이 없으면 아무것도 할 수 없었다. 생명이 없는 거나 마찬가지였다. 그러나 시내에서 한 시간 남짓 걸리는 숲이나 샘에서, 오염되지 않은 물을 매번 길어 오는 수고를 하루도 빠짐없이 하는 사람은 아무도 없었으며, 해낼 수 있는 사람도 없었다.

"물을 끓여서 씁시다."라고 서로 약속만 할 뿐이었다.

병원에선 물을 끓이지 않았다. 누가 환자들이 마실 그 많은 물을 끓이는 일을 담당할 수 있었겠는가? 그 사이 쉐베강과 병원을 잇는 호스가 설치되었고, 수동 펌프도 하나 작동되고 있었다. 이제 나는 그냥 양동이 가득 물을 들고 계단을 올라가기만 하면 되었다. 각 층마다 병자들이 물을 채다시피 가져갔다. 도와줄 사람들이 좀 더 많았으면 좋겠다는 생각이 들었다.

이제 환자들은 더 이상 바깥 뜰에 누워 있지 않았다. 그러나 건물 안은 초만원이었다. 병자들은 3층 건물 전체와 지하실 맨바닥에 비좁게 줄을 지어 누워 있었다. 병실마다 끔찍한 악취가 났지만, 밖에서 처음 들어갈 때만 잠깐 느낄 뿐이었다.

의사와 간호사들, 그리고 몇 안 되는 봉사자들은 날이 갈수록 신경이 날카로워졌다. 그들은 괜히 여기저기에 대고 거칠게 말했고, 아직 걸어 다닐 수 있거나 설 수 있는 환자들은 모두 되돌려 보냈다.

"저기 학교 강당으로 가 보세요. 여긴 중환자들만 받습니다."

사실 그들은 잠잘 시간이 채 몇 시간도 되지 않았다. 몇몇 봉사자들은 갑자기 발길을 뚝 끊어 버렸다. 그들은 더 이상 담당 관청도, 각 부서의 부서장도, 규칙도 존재하지 않는다는 걸 알았다. 봉사자들은 대부분 집에 있는 가족을 돌보는 것으로도 손이 모자랄 지경이었다. 그러나 이따금씩 새로운 봉사자들이 나타나, 어떤 때는 몇 시간씩, 또 며칠씩 도와주곤 했지만, 어찌 된 일인지 사라져서 다시는 나타나지 않는 일이 계속 되풀이되었다.

양로원에서 온 리자 바르츠라는 할머니는 우리에게 큰 도움이 되었다. 할머니는 이미 일흔을 훌쩍 넘긴 나이였지만, 지치지 않고 병자들을 돌보아 주었다. 사람들은 밤낮없이 바쁘게 병실을 누비고 다니는 할머니를 볼 수 있었다. 할머니는 한숨도 자지 않는 것 같았다. 사실 리자 할머니는 양동이를 들고 다닐 만한 근력은 더 이상 없었지만, 사람들을 위로하는 힘은 대단했다.

"그때, 그러니까 아들이 부인을 강제로 양로원에 넣었을 때만 해도, 그분은 어디에서도 위로받지 못하셨지."

언젠가 내가 리자 할머니에 관해 이야기했을 때 크라머 아줌마는 그렇게 말해 주었다.

"난 지금 다시 살아난 기분이야."

리자 할머니가 나에게 말했다. 할머니는 정말로 쾌활해 보였다. 병원에서 보내는 시간이 비참하기 짝이 없었는데도 말이다. 구걸에 가까운 끊임없는 간청, 울며 늘어놓는 넋두리, 단말마의 고통에 늘 쫓겨 다니는 분주함, 그것이 전부였다. 우리가 주는 도움이란 고작해야 뜨거운 돌에 떨어뜨리는 한 방울의 물에 지나지 않았다.

나는 엄마에게 병원에 가자고 애걸복걸하며 졸랐다. 케르스틴은 유디트 누나가 돌볼 수 있었다.

그러나 아빠가 엄마 대신 대답했다.

"너도 잘 알다시피 엄마는 그런 모습 보는 걸 힘들어 하잖아."

"저도 익숙해졌어요!"

나는 소리를 질렀다.

"엄마는 아직 충격에서 벗어나지 못했어."

아빠가 말했다.

난 정말 엄마 아빠에게 화가 났다. 리자 할머니에게 부모님에 대한 불만을 토로하자, 할머니는 별로 놀라지 않았다.

"부모님을 이해해 드려라. 이런 끔찍한 일이 일어나기 전엔 모두들 너무 잘 지내서 아무도 도와줄 필요가 없었지. 그래서 사람들은 서로 돕고 사는 걸 잊어버렸단다. 그리고 정말로 도움이 필요하면 국가가 맡아서 해결했거든. 그랬기 때문에, 요즘 사람들은 그저 저만 생각하는 거란다. 너희 엄마 아빠도 바로 정 없는 시대에 태어난 사람들이고.”

할머니는 고개를 끄덕이며 말했다.

나는 할머니가 무슨 말을 하는지 이해할 수 있었다. 밤늦게 집으로 돌아오면 엄마는 울고 있었고, 아빠는 별 득도 없이 엄마를 위로하려고 애쓰고 있었다. 그 모습을 볼 때면, 두 사람에 대한 동정심이 일었다.

병원에선 간호사나 간호 조무사들이 환자 가족들과 다투는 일이 점점 더 잦아졌다. 가족들은 병자를 혼자 두고 싶어 하지 않았다. 그들 옆에서 간호하고 싶었지만, 그건 그저 희망 사항일 뿐이었다. 자리가 턱없이 부족했다. 젖먹이를 제외하곤 아이들도 엄마 옆에 있을 수 없었다. 이따금 간호사들이 병든 엄마에게서 아이들을 떼어 내어 밖으로 밀어 낼 때면, 차마 눈 뜨고는 볼 수 없을 정도로 끔찍한 광경이 펼쳐졌다. 엄마들은 통곡하며 신음했고, 아이들은 비명을 지르며 울어 댔다.

병원 마당에는 나이가 제각각인 아이들이 쪼그리고 앉아 있었다. 울부짖는 아이들이 있는가 하면, 말없이 멍한 표정으로 앞만 빤히 바라보는 아이들도 있었다. 굶어 죽을 걱정은 안 해도 되었다. 환자들에게 수프를 나눠 주는 아줌마들이 아이들에게도 묽은 수프를 접시에 한 국자 가득 부어 주었다. 접시는 나중에 아줌마들이 다시 모아서 쉐베 강에 가져가 씻었다. 하지만 아이들을 신경 써서 돌보아 주는 사람은 없었다. 아무도 아이들을 위로해 주지 않았고, 엄마 아빠에 대한 고통스러운 그리움에서 벗어나도록 도와주지 않았다. 안에서 엄마나 아빠가 죽어도 아이들에게 그 사실조차 알려 주는 사람이 없었다. 누가 누구의 아이인지 아는 사람이 없었기 때문이었다. 담당 관청도, 인명 기록부도 없었다.

내가 줄지어 누워 있는 환자들 사이를 지나다니며 물을 나눠 주고 있을 때였다. 여자 환자가 내 옷소매를 살짝 잡아당겼다. 그 환자는 도무지 몇 살인지 알 수 없었다. 어떻게 생겼는지는 더더군다나 알 수 없었다. 얼굴이 온통 상처투성이인데다가 입은 너덜너덜한 게 단이 풀린 구멍으로밖에는 보이지 않았다. 내가 물을 흘려 넣어 주자, 더 이상 넘기지도 못했다. 무슨 말을 하는데, 거의 알아들을 수 없었다. 나는 환자쪽으로 몸을 깊숙이 숙였다.

"바깥에 우리 아이들이 있어. 난 곧 죽을 거란다. 애들 아빠도 죽었어. 애들은 이제 겨우 세 살하고 여섯 살이야. 애들을 좀 돌보아 주렴."

환자가 그르렁거리며 말했다.

"제가요? 하지만 난 여자도 아닌데……."

나는 너무 놀라 말했다.

"벌써부터 간호사들하고 얘기해 보려고 했지만 그 사람들은 남의 말에 귀 기울여 줄 만한 여유가 없더구나. 너는 어리지만 침착해. 우리 아이들이 어려움을 겪지 않도록 도와줘. 내 말 듣고 있니?"

신음이 뒤섞인 소리가 흘러 나왔다.

"하지만 전 그 애들을 알지도 못하는걸요."

내가 말했다.

"애들 이름은 질케와 옌스야. 짙은 머리색에 둘 다 빨간 바지를 입고……."

환자는 더 이상 말을 잇지 못하고 그냥 나를 물끄러미 바라볼 뿐이었다.

"알았어요."

내가 대답했다.

30분이 지나서야 겨우 아이들을 찾으러 갈 수 있었다. 나는 줄지어 있는 아이들을 이리저리 둘러보며 빨간 바지를 입은 오누이를 찾아다녔다. 아이들은 대부분 햇빛을 피해 응달로 들어가 있었다. 잠이 든 아이들도 많았지만, 소리를 지르거나 우는 아이들도 있었고, 말없이 병원 건물만 바라보는 아이들도 있었다. 키 큰 간호사 한 명이 네 명의 졸망졸망한 형제자매를 돌보면서, 머위 잎사귀로 아이들 코를 훔쳐 주고 있었다. 마침내 정문 아치 아래에서 빨간 바지를 입은 바짝 마른 꼬마 둘을 찾아 냈다. 바지가 얼마나 더러운지, 더 이상 빨간색인지 알아보기 힘들 정도였다. 여자아이는 벽에 기댄 채 다리를 쭉 뻗고 앉아 있었고, 남자아이는 누나 무릎 사이에서 잠들어 있었다.

"질케야, 너희 엄마가 잘 계신다고 전해 달라고 하셨어."

내가 말했다.

그 애는 금세 밝아진 얼굴로 나를 쳐다보았다.

"엄마 언제 오신대?"

"곧……."

나는 말하면서 얼굴이 빨개지는 걸 느꼈다.

"어서 문 앞에 가 보자."

여자아이가 동생을 흔들어 깨우며 말했다.

"안 돼. 문 앞에 가면 사람들이 너희를 쫓아 버릴 거야. 너희들, 우리 집에 가자. 너희 엄마도 너희들이 우리 집에 있을 거라는 걸 아셔. 얘들아, 배고프지?"

나는 남매의 손을 붙잡고 집으로 향했다.

"같이 가도 돼? 나 너무너무 배고파!"

여덟 살쯤 되어 보이는 어떤 남자아이가 소리쳤다.

"너는 이제 다 컸잖아. 혼자서 해결할 수 있어."

나는 돌아보며 말했다.

집에 도착하자, 나는 뒷문으로 들어가 두 아이를 부엌으로 밀어 넣었다. 집에는 엄마 혼자 있었다. 엄마는 황당한 표정으로 아이들을 물끄러미 바라보았다. 나는 아이들에 관해 알고 있는 것을 속삭이며 말했다.

"지키지도 못할 약속은 왜 했니?"

엄마는 나무라는 표정과는 달리 너무도 측은한 눈빛으로 아이들을 바라보고 있었다. 아이들은 겁먹은 표정으로 엄마를 올려다보았다.

"너희들 우선 박박 문질러 씻어야겠다!"

조금 뒤 엄마가 꼬마 아이들을 두 팔로 안아 올리며 말했다.

나는 앞으로 얼마간 아이들이 우리 집에서 보살핌을 받을 수 있을 것이라고 생각했다. 아이들 엄마에게 그 사실을 알려 주려고 병원으로 달려갔다. 하지만 온 병실을 다 뒤져도 아줌마를 찾을 수 없었다. 이미 블라이헤 풀밭으로 실려 간 것 같았다.

다시 집으로 돌아왔다. 엄마는 아이들을 욕조에 담아 문질러 씻기고 밥을 먹인 뒤, 케르스틴의 깨끗한 옷으로 갈아입히는 중이었다. 나는 엄마가 너무도 고마워서 꼭 껴안고 마구 뽀뽀를 해 대었다. 내가 아주 어렸을 때 그랬던 것처럼.

5. 불행의 그림자

그 후 엄마는 핵폭탄이 떨어지기 전의 모습으로 되돌아왔다. 골똘히 생각에 잠기던 것도 그만두었고, 아이들을 돌보는가 하면, 아빠도 도와주었다. 옛날에 알았던 사람들을 찾아다니기도 했다. 엄마는 플라이엔항의 정원으로 아이들을 데리고 가서 놀게 했다. 게다가 할머니가 할아버지에게 떠 준 조끼를 풀어, 질케와 옌스 두 아이에게 윗도리를 떠 주었다. 유디트 누나도 엄마에게 전염되었는지, 아이들에게 달려들어하루 종일 놀아 주었다.

나는 아빠가 안도의 한숨을 내쉬는 걸 느꼈다. 이제 아빠는 모든 것을 혼자 결정하지 않아도 되었다. 왜냐하면 우리 가족은 여태까지 대부분의 결정을 엄마가 내려왔기 때문이었다.

드디어 엄마는 병원을 들여다볼 정도가 되었다. 환자들이 있는 병동에 들어서자 엄마는 구역질을 했다. 그러나 병원 마당에 있는 아이들을 보고 엄마는 훨씬 더 큰 충격을 받았다. 엄마는 그 길로 오래된 초등학교 친구 두 명을 찾아가 도와 달라고 설득하고, 우람한 성의 정문을 부수어 줄 사람도 찾아냈다. 성은 폭탄이 떨어지기 이전부터 비어 있었다. 엄마는 친구들과 함께 깨진 유리 조각과 로비와 계단에 떨어져 내린 천장의 석고 장식 부스러기들을 삽으로 퍼내고, 커다란 지하실에 아이들의 잠자리를 마련했다. 지하실은 땅속 깊이 있었기 때문에 유리창은 모두 깨진 곳 없이 제 모습 그대로 남아 있었다.

이틀째 되던 날, 엄마는 벌써 100명이 넘는 아이들을 돌보게 되었다. 아이들은 모두 열 살 아래였다. 병원 앞마당에 있던 아이들뿐만 아니라, 부모를 잃고 쉬벤보른을 옮겨 다니며 구걸하던 아이들도 있었다. 사흘째 되던 날, 지하실에는 130명이나 되는 아이들이 머무르게 되었다. 아이들은 건초 위에서 잠을 잤는데, 엄마가 근처의 헛간 다락에서 구해 온 것이었다. 아이들은 건초를 건너편에 있는 성으로 직접 날라야 했다. 할 일이 워낙 많은 데다가 음식도 성으로 날라야 하기 때문이었다.

엄마는 거의 성에서 살다시피 했다. 유디트 누나도 세 아이들을 데리고 엄마를 도왔다. 누나는 불 다루는 일을 맡았다. 누나와 엄마는 그 '아이들' 이야기만 했다. 두 사람 모두 나도 함께 하길 바랐지만, 나는 그러고 싶지 않았다. 병원에는 도와주려는 사람이 없었다. 환자들의 비참한 모습을 한번 보고 나면 아무도 도와주려 들지 않았기 때문에, 더더군다나 병원 일을 그만둘 수 없는 형편이었다.

병원에서 보내는 하루하루는 끔찍했다. 병원은 중환자들과 죽어 가는 사람들로 가득했고, 죽은 사람들의 자리는 곧 풀다 외곽에서 온 새로운 환자들로 다시 채워졌다. 환자들은 대부분 원자병에 시달렸다. 원자병의 첫 번째 증상은 멈추지 않는 갈증이었다. 갈증은 많은 환자들을 거의 반쯤 미치게 했다. 그 다음엔 구토와 설사, 고열이 이어졌다. 머리카락이 다발로 빠졌고, 이가 흔들렸으며, 피를 토했다. 그 다음엔 온몸에 짙은 반점들이 나타났다. 피부 출혈이었다. 아무것도 삼키지 못했고, 심장이 불규칙적으로 뛰었다. 그리고 모든 피부와 점막에서 피가 났다. 마지막으로 환자들은 헛소리를 일삼다가 의식을 잃고 죽었다. 경과가 빨리 진행되는 사람이 있는가 하면, 고통이 오래가는 사람도 있었다. 그러나 거의 모든 환자들에게서 죽음의 그림자가 엿보였다. 폭발 순간, 근처에 있었던 사람일수록 증세가 더 심각했다.

환자들 가운데 쉐벤보른 사람들은 그날 오전에 풀다에서 오거나 풀다로 가던 사람들, 혹은 폭발 직후 풀다 주변에 잠깐 머물렀던 사람들뿐이라고 했다. 간호사와 의사들이 말하는 것을 듣자, 엄마가 걱정되었다. 그리고 환자들 중엔 함부르크에서 쉐벤보른으로 휴가를 온 부부 한 쌍이 있었는데, 그 사람들도 마찬가지로 원자병에 시달리고 있었다. 칼텐베르크 산으로 도보 여행을 갔다가 폭탄이 터지는 순간 산봉우리에서 그만 풀다 위에 있는 강렬하고 둥근 불덩어리를 보았기 때문이다.

그 말을 들으니 엄마가 더 걱정스러워졌다. 사실 엄마만 걱정되는 게 아니었다. 유디트 누나도 섬광을 함께 쬐었다. 누나는 엄마 뒷자리 창문 쪽에 앉아 있었다. 폭탄이 터진 쪽이었다. 하지만 나도 아주 잠깐 동안 환한 섬광을 보았다. 그러니까 나도……

신기하게도 그런 불확실한 불안이 오래가지는 않았다. 내 자신에 대해서 곰곰이 생각해 볼 시간도 별로 없었다. 하지만 나는 쉐벤보른 사람들이 얼마나 운이 좋았는지에 대해 계속해서 놀랄 뿐이었다. 쉐벤보른 사람들은 계곡에 가려 둥근 불덩어리를 보지 못했다. 때마침 강한 서풍이 불어 재투성이 방사능 구름을 풀다에서 동쪽으로 몰고 갔다. 그래서 아마 쉐벤보른 사람들이 살아남을 수 있었을 것이다. 하지만 엄마는? 그리고 유디트 누나는?

나는 환자들 사이에 누워 있는 엄마와 누나를 상상해 보았다. 소름이 끼쳤다. 한밤중에 나는 문득 쉐벤보른 역시 분명히 폭파된 도시의 동쪽에 있고, 모르는 사이 서풍이 불면서 방사능비를 함께 맞았을지도 모른다는 생각이 들었다. 그러자 온몸이 얼어붙는 공포가 밀려왔다.

다락방에 불이 붙기 시작했을 때, 갑자기 바람의 방향이 바뀌지 않았던가? 아마도 바람은 기쎈과 코블렌츠, 혹은 다른 어디에선가 몰려온 구름이 쉐벤보른에 도착하기 전에 방향을 바꾼 건 아니었을까? 하지만 북풍이라고 해서 재난을 가져오지 말란 법은 없지 않은가!

엄마가 설사 때문에 고생하자 나는 겁이 났고, 유디트 누나가 열이 나자 훨씬 더 걱정이 되었다. 하지만 그때는 모든 사람들이 이따금 설사를 했고, 유디트 누나는 전에도 자주 열이 났다. 어렸을 때부터, 누나는 흥분만 하면 약간 열이 오르곤 했다.

그런데 누나의 유난스런 설사는 뭐지? 혹시 그 증상이 아닐까? 하지만 날마다 날씨는 무더웠고, 누나는 아침부터 저녁까지 서서 일했다. 그러니까 누나가 그렇게 물을 많이 마시는 건 당연한 게 아닐까?

　재해 기간 동안 하루가 두 배는 더 길어진 것 같았다. 하루가 영원같이 느껴졌다. 나는 폭탄이 떨어진 지 벌써 3년쯤 지난 것처럼 생각되었다. 겨우 3주가 지났을 뿐이었는데 말이다. 3주 사이에 나는 열세 살이 되었다. 아빠는 내 생일을 기억하지 못했다. 지붕을 고치느라 너무 바빴기 때문이었다. 아빠는 이곳저곳 폐허 더미들을 찾아다니며, 지붕에 얹을 타르와 못을 주워 모았다. 가을비가 오기 전에 지붕에 물이 새는 걸 막으려고 했다. 1층 천장과 반쯤 부서진 크라머 아줌마의 집이 아쉬운 대로 비를 막아 주고 있었다. 아빠가 마음먹은 일은 결코 쉬운 일이 아니었다. 지붕을 타르로 잇기 전에 부서진 벽을 마저 헐어야 했고, 베란다를 부수고 파편 더미들을 삽으로 퍼내어 수레로 날라야 했다.
　엄마는 내 생일을 잊어버리진 않았지만, 시간이 없었다. 엄마는 나를 껴안고 이마에 뽀뽀를 해 주었다.
　"네가 살아남기를 바란다."
　엄마가 말했다.
　핵폭탄이 떨어지기 전, 나는 생일 선물로 자전거를 원했다.

이렇게 소원을 빌었던 것을 기억하고 보니, 그저 놀라웠다. 예전에 사람들이 모든 것을 바라며 소망했고, 또 많은 것을 얻던 일이 신기하게만 느껴졌다.

그래도 생일 선물 없이 그냥 지나가진 않았다. 유디트 누나가 플라이엔항의 정원에서 찾아 낸 밀짚국화로 자그마한 화환을 엮어 주었다. 할머니는 항상 정원에 밀짚국화를 심어, 오두막집에다 말리곤 했다. 겨울이 되면, 거실 화병에 알록달록한 꽃다발을 만들어 꽂기 위해서였다.

예전 같으면 난 작은 화환 따위는 거들떠보지도 않고 '이런 걸 도대체 어디에다 써먹는단 말이야?'라고 생각했을 것이다.

하지만 나는 그것을 받고 즐거워했다. 나는 아직도 그 화환을 갖고 있다. 가장자리가 가닥가닥 풀려 나와 형편없는데도 말이다.

아이들도 유디트 누나에게 들어서 내 생일을 알고 있었다. 질케는 누나가 생각해 낸 시를 암송했다. 아직까지도 마지막 두 줄이 생생하게 기억난다.

그래도 즐겁고 씩씩하게 살아가라.
그러면 아무도 널 넘어뜨리지 못하리!

케르스틴이 폐허 더미에서 뮐레(두 사람이 각기 아홉 개의 돌을 가지고, 세 개의 돌이 나란히 되었을 때 상대방 돌을 따는 놀이) 말판을 찾아 냈다. 유디트 누나가 알려 준 모양인지 검은 돌 아홉 개와 흰 돌 아홉 개도 함께 찾고 있었다. 나는 생각했다. 언제 다시 자리에 앉아 저런 놀이를 할 수 있을까? 그리고 갑자기 그것이 굉장히 유치하다는 생각이 들었다. 하지만 물론 케르스틴에겐 말하지 않았다. 케르스틴은 뮐레 놀이를 재미있어했다.

나는 케르스틴을 꼭 껴안아 주었다. 케르스틴은 예전같이 통통하지 않았다.

모든 것이 변했다. 모두가 변했다. 아빠는 이제 배가 쏙 들어갔고, 수염도 자라는 대로 그냥 내버려 두었다.

옌스는 직접 찾아 낸 물건을 선물로 주었다. 옌스는 그것을 아무에게도 보여 주지 않았고, 굉장한 비밀이라고 생각했다. 게다가 낡은 신문지 한 장으로 포장까지 했다. 그 선물은 누렇게 변한 플라스틱 틀니였다.

나는 새로 맞아들인 꼬마 동생을 번쩍 들어 올리고는 이리저리 흔들어 그네를 태워 주었다. 그리고 난 뒤, 다시 병원으로 갔다. 환자들이 물을 찾으며 신음하고 있을 테니까. 좀 도와 달라고 데리고 왔던 미키는 이틀이 지나자 더 이상 나타나지 않았다. 병원 일이 너무 힘들었던 모양이다. 이제 나는 다시 혼자서 양동이를 들고 씨름해야 했다.

그날 저녁, 밤늦게 돌아온 나는 뒷문으로 미끄러지듯 들어와 소파에 피곤에 절은 몸을 던졌다.

그때 유디트 누나가 내게 다가왔다. 한여름이라 사방은 아직도 어스름했다. 나는 유디트 누나의 얼굴을 잘 볼 수 있었다. 누나는 내 옆으로 다가와 소파 가장자리에 앉았다. 누나 손에는 빗이 들려 있었다. 빗은 집에서 가져온 것이었다. 어스름 속에서 누나를 보고 있으려니, 새삼 참 예쁘다는 생각이 들었다. 누나는 엄마의 높은 이마와 아빠의 가늘고 쪽 뻗은 코를 쏙 빼닮았다. 밝은 눈동자에 속눈썹은 길고 진했다. 하지만 무엇보다도 머리카락이 가장 아름다웠다.

"왜 그래, 누나?"

누나는 대답이 없었다. 그냥 빗을 쥔 손을 들어 머리카락을 빗어 내릴 뿐이었다. 빗에는 결 좋은 머리카락이 한 다발이나 매달려 있었다. 누나는 빗살에서 머리카락을 훑어 내어 비로드 천을 씌운 소파 팔걸이에 내려놓았다. 그러고 나서 누나는 한 번 더 빗질을 했는데, 다시 머리카락이 한 움큼 빠져 나왔다. 반짝거리는 갈색 머리카락이었다.

그것이 무엇을 의미하는지 이미 잘 알고 있었다. 나는 놀란 눈으로 누나를 올려다보았다.

"엄마도 알고 계셔?"

"너말고는 아무도 몰라."

누나가 대답했다.

"너만 알고 있어. 아직 모두들 눈치챌 정도는 아니니까."

나는 머리를 한 대 얻어맞은 기분이었다. 그동안 나는 머리카락이 빠진 환자들을 너무도 많이 보아 왔다. 그러나 여기이 사람은 나의 누나였다. 내가 누나를 얼마나 사랑하는지, 이 순간에야 비로소 확실히 알게 되었다.

"어쩌면 그것하곤 전혀 관계 없을지도 몰라."

나는 쥐어짜듯 말했다.

"어쩌면 영양 부족 때문일지도 몰라."

누나가 미소 짓는 것이 보였다. 나는 누나가 증상을 정확히 알고 있고, 더 이상 희망을 갖지 않는다는 걸 알았다.

"한 번 더 만져 봐. 나중에 내 머리카락이 얼마나 아름다웠는지 얘기할 수 있도록 말이야."

누나가 말했다. 그러고는 손바닥을 펴 머리카락을 내밀었다. 나는 그것을 쓰다듬어 보았다. 그런 다음 누나는 자기 방으로 건너갔다. 오늘은 엄마가 성에서 아이들과 함께 자는 날이라서 누나 마음대로 할 수 있는 날이었다. 그러나 나는 이 날 밤 유디트 누나가 틀림없이 뜬눈으로 지샐 것이라고 생각했다. 소파 팔걸이에 놓여 있는 누나의 머리카락 다발이 눈에 들어오자, 더 이상 나는 어떻게 해 볼 수 없었다. 나는 베개로 입을 막고 엉엉 울어 버리고 말았다.

다음 날 내가 밖에서 돌아오자, 케르스틴이 유디트 누나의 뒤를 쫓아다니며 떼를 쓰고 있는 것이 보였다. 누나가 돌봐 주지 않자, 케르스틴은 누나의 머리카락을 잡아당겼다. 누나는 화를 내며 이리저리 피해 다녔다. 케르스틴의 손에 누나의 머리카락이 한 움큼 쥐어지자, 케르스틴은 그대로 멈추어 서고 말았다. 누나는 케르스틴의 손에 있는 자신의 머리카락을 낚아채 잽싸게 바지 주머니에 찔러 넣었다. 케르스틴은 곁눈질로 누나를 흘금흘금 살펴보며 누나가 뺨을 때리지 않는 걸 이상하게 여겼다.

6. 티푸스가 퍼지다

핵폭탄이 떨어지고 난 뒤 2주만에, 모두들 곧 닥쳐오리라 예상하며 두려움에 떨던 그것이 발생했다. 처음으로 티푸스 증상이 나타난 것이다. 사람들은 그 사실을 입 밖에 내려고 하지 않았다. 사람들은 집에 티푸스 환자가 있어도 숨겼고, 그 사람에게 다른 병명을 붙여 주었다. 많은 사람들의 경우, 정말이지 자기들이 티푸스와 관련이 있는지조차 알지 못했다. 대체 누가 이 병을 앓아 보았겠는가? 고열과 설사는 특별히 심한 장염이거나 원자병의 증상일 수도 있었다.

하지만 내 생일이 지난 며칠 뒤인 지금, 전염병은 빠른 속도로 널리 퍼져 나갔다. 집집마다 환자들이 누워 있었다. 그러나 병원에 데려가 봤자 소용 없는 일이었다. 자리도 없었고, 약도 없었다. 그리고 의사들도 감당해 낼 수 없는 처지였다. 폭탄이 떨어지기 전, 쉬벤보른에는 6명의 의사가 있었다. 그중 한 사람은 휴가를 떠나 영영 다시 돌아오지 않았다. 또다른 사람은 풀다로 가는 길에 목숨을 잃었고, 세 번째 사람은 환자 집 앞에서 파편에 맞아 죽고 말았다. 그리고 남은 세 사람 가운데 두 사람이 짧은 간격을 두고 차례로 티푸스에 걸리고 말았다. 그중 한 사람은 죽었고, 다른 한 사람은 두 다리를 지탱하고 서 있을 수 없을 만큼 허약해진 상태에서 몇 주를 버텼다. 마지막 남은 사람이 혼자 계속 일을 했지만, 더 이상 도움을 줄 수 없었다. 약도, 붕대도, 소독약도 남아 있지 않았다. 더 이상 남아 있는 게 없었다. 그냥 환자들을 방치할 수밖에 없었다. 나는 그가 줄지어 누워 있는 환자들 사이를 오가며 친절하게 이쪽저쪽 고개를 끄덕여 주는 것을 몇 번 보았다. 그러던 사람이 언젠가부터 아무 곳에도 멈추어 서지 않았고, 몸을 구부려 누구도 살펴보지 않았다. 환자들의 끊임없는 비명 소리에도 전혀 대꾸하지 않았다. 어느 날, 사람들은 의류 보관 창고에서 죽어 있는 그를 발견했다.

쉬벤보른 사람들은 다시 한번 외부로부터 원조를 기대하기 시작했다. 적십자 호송 차량이 티푸스를 전문으로 치료하는 사람들을 태우고 쉐벤보른으로 오고 있다는 소문이 돌았다.

"그것 봐요, 드디어 오는군요. 독일은 섬이 아니에요. 다른 나라들이 우리 나라에 도움을 줘야 할 의무가 있지 않나요? 이탈리아에 지진 피해가 났을 때, 우리가 수백만 마르크를 원조해 주었잖아요. 폴란드엔 수천 상자의 물품도 보냈고요."

크라머 아줌마가 말했다.

"어쩌면 폴란드도 지금 우리와 똑같은 상황일지도 모르지요. 이탈리아도 없어졌을지 모를 일이고, 아니, 유럽 전체가 결딴났을지도 모릅니다."

아빠가 아줌마에게 말했다.

"별 트집을 다 잡는군요!"

크라머 아줌마가 언짢은 듯 말했다.

심지어 어떤 사람은 헬리콥터를 보았다고 주장하기도 했다. 쉐벤보른 전체를 기대에 찬 흥분 상태로 몰고 간 소식이었다. 하지만 호송 차량 행렬이 도착하지 않고 헬리콥터도 나타나지 않자, 모든 희망이 무너져 내렸다. 그와 함께 쉐벤보른에 남아 있던 마지막 질서도 무너져 내렸다. 아무도 환자와 고아들, 그리고 노숙자들에게 수프를 끓여 주지 않았다. 아무도 죽은 사람들에 대해 묻지 않았다. 두 번째 떼죽음이 막 시작되었는데도 말이다.

마지막까지 병원에 남아 있던 간호사들과 간호 조무사들도 병원에 나타나지 않았다. 모두들 자기 자신을 안전하게 지키려고 했다. 아직 걸어 다닐 수 있는 사람, 아직 기어갈 힘이 남아 있는 사람들은 병원을 떠났다. 곧 병원에는 산 사람보다 죽은 사람이 더 많이 누워 있게 될 터였다. 수많은 쉐벤보른 사람들과 노숙자들은 서둘러 주변 숲으로 옮겨 텐트를 치고 야영을 했다. 그렇게 하면 전염병을 피할 수 있을 거라는 희망을 가졌던 것이다. 그러나 이미 몸 속에 티푸스 병균을 갖고 있던 사람들은 그곳에서 서로 감염되었다. 나는 미키 슈베르트를 다시는 만나지 못했다. 나중에 들어 보니, 그 애는 쇼른베르크 숲 속에서 죽었다고 했다. 그 숲은 쉐벤보른 북쪽에 있었는데, 화재를 당하지 않은 곳이었다. 옛날에 우리 둘이 함께 버섯을 찾으러 다녔던 곳이기도 했다.

　시내에 머물렀던 사람들도 감염에 대한 두려움으로 더는 집 밖으로 나올 엄두를 내지 못했다. 손잡이란 손잡이, 계단 난간이란 난간은 모두 병균에 오염되었을지도 모를 일이었다. 마주치는 사람이 가장 큰 위험 요인일 수도 있었다. 낮에는 도시 전체가 마치 죽은 것처럼 엎드려 있었다. 전에 비해 두 배가 넘는 사람들이 폐허 속에 살고 있었는데도 말이다. 하지만 밤만 되면 다시 골목길마다 생기가 감돌았다. 사람들이 양동이를 들고 조용히 쉐베 강으로, 시 외벽 아래에 있는 방화수 저장 탱크로, 그리고 슐로쓰파크 뒤쪽 양어장으로 물을 길러 갔다. 그럴 때면 사람들은 서로 피해 다녔다. 그저 먼 발치에서 새로운 소식들을 서로 건넬 뿐이었다. 새로운 소식이라고 해 봐야 누구누구가 죽었다는 것이 대부분이었다. 마치 사람들은 감염의 원인이 해라고 생각하는 것처럼, 거의 그런 것처럼 보였다.

아빠는 말도 안 되는 소리라며, 낮에 물을 길러 다녔다. 아빠는 야외 수영장에서 물을 길어 왔다. 폭탄이 떨어지기 전에 많은 사람들이 수영하던 곳으로, 물은 그때 이후 한 번도 갈아 주지 않았다. 물 위엔 나뭇잎과 재들이 둥둥 떠다녔다. 그렇지만 염소로 소독된 물이었다. 아빠는 이 물이 병균을 가장 잘 막아 줄 것이라고 생각했다. 이런 생각이 사람들 사이에 퍼져 나가자, 곧 사람들이 수영장 문을 부수었다.

수영장은 밤마다 물을 긷는 사람들로 북새통을 이루었다. 아침마다 아빠와 내가 양동이에 물을 채워 돌아올 때면, 저수조의 물이 눈에 띄게 얕아져 있었다. 곧 어린이 수영장 물이 동이 났다. 수영에 서툰 사람들을 위한 얕은 수영장에는 아직 약간의 물이 남아 있었지만 그 물을 떠 가려는 사람은 한 사람도 없었다. 무릎 깊이 정도 되는 물 위에 죽은 사람 둘이 둥

둥 떠 있었다. 아무도 그들을 건져 내지 않았다. 사람들은 그들을 전혀 보지 못한 것처럼 행동하며, 깊은 수영장에서 물을 길었다. 일가친척들조차 그들을 돌보지 않았다. 아니, 어쩌면 그 사람들에겐 남아 있는 일가친척이 한 명도 없었을지도 모른다.

엄마와 유디트 누나는 성에 티푸스가 발생했는데도 하던 일을 계속했다. 그러나 두 사람은 어떻게 아이들의 주린 배를 채워 줘야 할지 난감해 했다. 하는 수 없이 아빠가 밭에서 감자를 훔쳐 왔다. 감자는 아직 공깃돌보다 작았다. 아빠가 아이들이 다 먹을 수 있을 만큼 많은 양의 감자를 캔다는 것은 정말 무리였다. 엄마가 저장 물품들을 아이들을 위해 사용하자, 엄마와 아빠는 서로 맞붙어 싸웠다.

"곧 겨울이 닥쳐올 거야. 그럼 우리는 뭘 먹고 살아야 하지?"

아빠가 물었다.

"아이들이 굶어 죽는 모습을 그저 보고만 있으라는 얘기예요?"

엄마가 열을 올리며 되물었다.

나는 그 말에 깜짝 놀랐다. 몇 주 전만 해도 엄마는 집 잃은 사람들이 발을 질질 끌며 지나갈 때 나를 창문에서 떼어 놓았고, 그들이 먹을 걸 구걸해 오면 거절했었다. 그 짧은 시간에 어쩌면 저렇게 달라질 수 있었을까! 그리고 아빠도 다른 사람이 되어 버렸다. 예전보다 더 엄하고, 더 무정했다. 그러나 여전히 엄마의 맞수가 되지 못했다.

"병원을 좀 봐. 당신. 거기에서도 마찬가지로 사람들이 줄지어 굶어 죽거나 병 때문에 처절하게 죽어 가고 있어. 그 사람들에게는 먹을 걸 나눠 주고 싶지 않아?"

아빠가 소리쳤다

"아직 어린아이들이라고요!"

엄마가 소리쳤다.

"당신은 너무 많은 걸 감당하려는 거야. 당신은 불가능한 걸 가능하게 만들려고 하고 있어. 하지만 사람은 어디선가 끝낼 줄도 알아야 해!"

아빠가 고함을 쳤다.

"하지만 우리 집에선 안 통해요. 나한텐 안 통한다고요!"

"우린 벌써 남의 아이를 둘이나 데리고 겨우겨우 지내 왔어. 겨울을 무사히 나려면 우리 모두 운이 좋아야 해."

"만약 당신과 내가 죽고, 유디트와 롤란트도 죽었다고 상상해 봐요. 케르스틴만 살아남아 병원 앞에 쪼그리고 앉아 있다고 말이에요. 그 애를 아는 사람도 없고, 불쌍하게 여기는 사람도 없어요. 어떻게 하겠어요, 네?"

엄마가 말했다. 그러자 아빠는 더 이상 아무 말 없이 다시 들로 나갔다. 하지만 곧 그렇게 많은 감자를 캐어 올 필요가 없어졌다. 엄마가 돌보던 아이들이 갑자기 떼 지어 죽은 것이다. 아빠는 슐로쓰파크에 구덩이를 파고, 죽은 아이들을 그 안에 눕혔다.

아빠는 케르스틴을 집에 있게 했다. 유디트 누나와 나까지도 집에 붙잡아 두려고 했다. 아빠는 우리에 대한 걱정 때문에 제 정신이 아니었다. 내가 자발적으로 남아 있지 않으면 집에 가두어 놓겠다고 윽박질렀다. 그 말에 나는 길길이 날뛰었다. 나는 더 이상 자신을 어린아이로 느끼지 않았고, 어린아이처럼 취급받고 싶지도 않았다. 나도 자신을 스스로 책임질 수 있었다.

"만약 내가 병에 걸린다면, 그건 이미 오래전부터 몸 속에 병균이 있었기 때문이에요. 난 계속 병원에 있을 거예요. 그리고 다시는 집에 들어오지 않을 거예요!"

나는 화가 나 소리쳤다.

유디트 누나도 아빠의 말을 따르지 않았다.

누나는 아주 조용히 말했다.

"엄마가 계속하면, 나도 계속할 거예요. 엄마 혼자 그 일들을 다 해낼 수 없으니까요."

"그래서 네가 감염된다면? 넌 죽을 수도 있어!"

아빠가 소리 질렀다.

"그래서요?"

누나가 따지듯이 물었다.

나는 누나의 머리카락에 눈길을 던졌다. 머리숱이 적어졌고, 윤기가 없었다. 누나는 더 이상 빗질을 하지 않았다. 엄마 아빠는 그것이 이상하게 여겨지지 않았을까? 그렇게 물을 많이 마시는데, 이상하게 생각되지도 않았을까? 하지만 엄마 아빠도 창백하고 수척해 보이긴 마찬가지였다. 마치 우리들 한 사람 한 사람이 모두 숨을 멈추고선, 아무것도 예감하려고 하지 않고, 아무것도 깨달으려고 하지 않고, 아무것도 알려고 하지 않는 것 같았다.

온 도시에 악취가 진동할 정도로 죽은 사람이 차고 넘치자, 티푸스를 이겨 낸 남자들 몇 명이 뭉쳤다. 그들은 죽은 사람들을 실어 와 15분마다 한 무더기씩 쌓아 올리고 기름을 부어 불을 붙였다. 아직도 휘발유를 갖고 있는 사람들이 있었고, 대부분의 집들은 아직 라이터와 성냥 정도는 갖추고 있었다.

병원에도 사람들이 나타나기 시작했다. 사람들 가운데 한 사람, 드레젠이라는 젊은 남자는 나도 아는 사람이었다. 그는 사진사였는데, 쉐벤보른에서 가장 멋진 스포츠카를 갖고 있었다. 드레젠은 젊은 여자들에게 선망의 대상이었다. 그는 병원 뒤 초원에다 시체를 차곡차곡 쌓아 올리는 걸 도왔다. 병원에선 그 무더기를 볼 수 없었다. 하지만 불에 탄 시체 냄새는 몇 주 동안이나 도시에서 사라지지 않았다.

이제는 우리 둘이, 그러니까 리자 할머니와 나 단둘이 남아 있는 환자들과 함께 했다. 병원에는 돌봐야 하는 환자들이 많지 않았다. 화상이나 원자병, 혹은 티푸스로 죽지 않은 사람은 굶어 죽었다. 아직 병원에 누워 있는 사람들에겐 더 이상 가족도 없었다. 모두들 그들 곁을 완전히 떠나갔다. 내가 더럽고 냄새나는 임종실에 발을 들여 놓으면, 아직 의식이 있는 환자들은 잔뜩 희망에 부풀어 나를 바라보았다. 그러나 나는 그들에게 희망을 주지 못했다. 큰 소리로 나를 부르는 사람에겐 대답해 주었지만, 소리쳐 부르지 못하는 사람에겐 눈길 한 번 건네지 않았다. 나도 완전히 지칠 대로 지쳐 있었다. 내가 환자들에게 줄 수 있는 단 한 가지는 끔찍한 갈증을 가시게 해 줄 물뿐이었다.

숨을 거둘 때 보면, 환자들은 대부분 뼈대에 가죽만 붙여 놓은 것 같은 몰골을 하고 있었다. 내 두 팔이나 땀에 흠뻑 젖은 더러운 셔츠를 꽉 붙잡는 사람들도 있었다. 그 사람들은 갑작스럽게 밀려오는 죽음에 대한 공포 때문에 나를 놓지 않았다. 마지막 힘을 다해 양동이를 잡아당기거나 플라스틱 컵을 물고 돌려 주지 않는 사람들도 있었다. 나는 죽어 가는 사람들을 주먹으로 쳐서 스스로 방어해야 했다. 그리고 옷을 꽉 붙잡고 늘어지는 그들의 손가락을 떼어 내야 했다. 아직 힘이 남아 있는 환자를 보면, 때때로 나는 두려움에 사로잡히기까지 했다. 나는 그 사람들이 내 목숨을 원하는 것처럼 여겨졌다. 몇 시간이라도 눈을 붙일 수 있도록 교대해 준 리자 할머니를 제외하면, 그들은 마치 내 목숨으로 생명을 보존할 수 있다고 믿는 것 같았다.

나는 공정하게 하기 위해 층에서 층으로, 방에서 방으로 정확한 순서를 따랐다. 환자들을 한 바퀴 다 돌아보고 다시 한번 돌 때면, 그 사이에 임종을 앞두고 특별히 거칠게 굴었던 사람들 중에 이미 죽어 버린 사람도 종종 있었다.

굉장히 무더운 어느 날 오후, 나는 병원 지하실에서 고열로 쓰러지고 말았다. 리자 할머니가 나를 발견하고 아빠를 데려왔다. 아빠가 나를 집으로 끌고 왔다. 며칠 사이, 우리 가족은 병에 걸리고 말았다. 유디트 누나만 멀쩡했다. 나는 이주일 넘게 소파에 누워 삶과 죽음 사이를 오갔다. 의식을 잃을 정도로 계속 열이 올랐다가 다시 정상 체온으로 뚝 떨어지곤 했다.

열이 떨어지는 주기에는 주변에서 일어나는 일들을 알아차릴 수 있었다. 엄마도, 아빠도, 동생들도 보이지 않았다. 유디트 누나만이 나를 간호하고 있었다. 누나는 나에게 몸을 숙일 때, 슬픈 모습으로 웃으며 나를 바라보곤 했다. 누나는 더 홀쭉해졌고, 두 눈은 퀭했다. 누나는 내가 병원에서 병자들의 입술에 대 주었던 것처럼 내 입술에 컵을 대 주었다. 이따금씩 말 한 마디도 할 수 없을 정도로 약해지기도 했다. 한번은 열이 오르자, 눈앞이 캄캄해지는 느낌이 들었다. 그래서 나는 누나의 옷소매를 잡고 손을 꽉 붙잡았다. 또 한번은 누나에게 왜 머릿수건을 두르고 있는지 물어보려고 했는데, 곧 뭘 물어보려고 했는지 기억해 내지 못한 적도 있었다. 누나는 나를 씻겨 침대로 옮기고, 차를 끓여 주었다. 누나가 물 떠 오는 소리, 장작 패는 소리도 들렸다. 부엌 바로 옆에 놓아 둔 화덕에선 바작바작 소리를 내며 불이 타고 있었다.

한번은 누나에게 왜 이렇게 집 안이 조용하냐고 물었다.

"모두들 잠들어서 그래. 너도 잠이나 자 두렴."

누나가 말했다. 그러자 나는 순순히 잠이 들었다. 몇 마디 말을 한 것이 너무 힘들어서 말이다. 나중에 누나는 내가 하루 종일 죽은 듯이 누워 있었다고 이야기해 주었다.

조금 회복되었을 때, 나는 케르스틴이 죽었다는 것을 들었다. 명랑한 찡얼이, 붉은 금발의 곱슬머리 내 동생…… . 그애는 사흘을 앓았다고 했다. 질케도 티푸스를 이겨 내지 못했다. 엄마와 아빠는 심한 티푸스에 시달리며, 바로 내 옆에 누워 있었다.

엄마 아빠는 아직 두 아이가 죽었다는 사실을 알지 못했다. 옌스만 다시 일어났다. 옌스는 설사 몇 번으로 티푸스를 스쳐보냈다. 나는 그 애가 뒷마당에서 들뜬 목소리로 재잘거리는 소리를 들었다.

"난 티푸스에 걸리지 않았어. 다른 게 나를 점찍어 놓았거든."

유디트 누나가 케르스틴과 질케가 죽었다는 사실을 엄마 아빠에게 말해 달라고 부탁했다. 누나는 그 말을 할 만한 힘이 남아 있지 않았다. 하지만 나는 며칠이 지난 후에야 겨우 엄마 아빠가 있는 침실로 몸을 끌고 갈 수 있었다. 처음에 나는 엄마 아빠를 알아보지 못했다. 놀라기는 엄마 아빠도 마찬가지였다. 엄마 아빠는 뼈만 앙상할 정도로 말라 있었다. 엄마 아빠는 나에게 힘들게 웃어 보였다. 내가 전해야 할 소식을 힘들여 내뱉자, 엄마는 절규하며 아빠에게 매달렸다. 아빠는 아무 말도 없었지만, 두 눈엔 눈물이 가득했다. 잠시 후 아빠가 엄마에게 말했다.

"애들은 거기서 잘 지낼 거야. 우리 앞에 닥쳐올 일을 누가 알겠어."

"당신은 정말로 피도 눈물도 없는 사람이에요!"

엄마가 흐느껴 울었다. 그러더니 유디트 누나를 불렀다. 문 밖에서 엿듣고 있었는지, 내가 데리러 가기도 전에 벌써 누나가 머뭇거리며 방으로 들어왔다. 누나는 아주 창백해 보였다.

"너, 아이들을 어떻게 했니?"

엄마가 낯선 사람처럼 날카로운 목소리로 물었다.

"밤에 할아버지의 작업장 뒤에다 묻어 주었어요. 퇴비 더미 옆에요. 아이들을 그 사람들에게 주고 싶지 않았어요. 하지만 무덤이 별로 깊지 않아요. 힘이 없었거든요."

누나가 말했다.

"아, 다행이구나, 애들이 땅 속에 있어서."

엄마가 중얼거렸다.

후에 엄마는 성에 있는 아이들이 어떻게 되었는지 누나에게 물었다.

"몰라요. 나 혼자 우리 가족이랑 그 애들을 모두 돌볼 수는 없었어요. 애들에게 문을 열어 주고 말했어요. '가고 싶은 사람은 가렴. 이젠 너희들에게 먹을 걸 줄 수 있는 사람이 아무도 없어. 들판으로 가서 낟알들을 찾아 봐. 옥수수 알갱이도 찾아 먹고, 감자도 캐어 먹어. 숲에 가서 버섯도 따 먹고. 정원마다 먹을 만한 게 있으면 훔쳐서라도 먹어.'라고요. 아이들 몇이 떠나갔지만, 대부분은 남았어요. 아이들은 우리가 다시 와 줄 거라고 기대하고 있어요. 그때 이후로 그리로 올라가 보지 않았어요. 더 이상 끔찍한 광경을 보고 싶지 않았어요. 많은 아이들이 병에 걸렸거든요."

누나가 말했다.

엄마가 다시 일어나던 날 밤, 유디트 누나가 고열을 내며 누웠다. 누나는 무척 야위어 청바지 엉덩이 쪽이 헐렁했다. 누나는 더 이상 아무것도 먹으려 하지 않았다. 그냥 물만 마시려 들었다. 그러나 날이 갈수록 물을 넘기는 것조차 힘들어 했다. 한번은 누나가 두르고 있던 머릿수건이 흘러내린 적이 있었다. 나는 누나의 모습에 그만 비명을 지르고 말았다. 머리카락이 하나도 없었다. 하지만 곧 나는 비명을 지른 것을 후회했다. 내가 놀랐던 것이 누나에게 얼마나 큰 마음의 상처를 주었는지 알아차렸기 때문이다.

몸 색깔이 변하고 반점이 나타난 다음, 누나는 죽었다. 불평 한 마디 없이, 아주 조용하게. 누나는 그냥 그렇게 가 버렸다.

누나의 죽음은 아빠에게 깊은 마음의 상처를 주었다. 아빠는 누나를 정말로 자랑스러워했다. 누나는 늘 나보다 훨씬 더 좋은 점수를 받아 왔다. 선생님들은 아빠에게 이런 딸을 두어서 축하한다고 했다. 그러나 나는 번번이 아빠를 실망시켰다. 게으름뱅이이며 돌머리인 나는 항상 한 학년, 한 학년을 턱걸이로 겨우겨우 올라갔다.

아빠도, 엄마도 그리고 나도 유디트 누나를 위해 무덤을 팔 힘이 없었다. 우리는 어쩔 수 없이 손수레를 끌고 골목길을 지나다니며 "죽은 사람! 죽은 사람!" 하고 소리치는 그 남자들에게 누나를 넘겨 줄 수밖에 없었다. 그렇긴 해도, 엄마는 그 사람들이 들어오기 전에 서둘러 누나에게 머릿수건을 씌웠다. 낯선 사람에게 머리카락이 없는 누나의 모습을 보이기 싫었기 때문이다. 그리고 난 뒤, 엄마는 몸을 끌고 침실로 들어가 아빠에게로 갔다. 그 남자들은 들고 온 들것에 누나를 아주 거칠게 던졌다. 들것이 나갈 때, 누나 옆에는 나 혼자 있었다.

"운동화 좀 벗겨. 태워 버리기엔 너무 아깝구나. 이제 운동화 같은 건 구할 수도 없는데. 나중에 네가 신어도 되겠어."

한 사람이 나에게 말했다.

나는 고개를 저었다.

"그렇다면 내가 가져가마. 우리 조카 녀석이 살아 있으면, 그 녀석이나 줘야겠다."

또 다른 남자가 말했다.

그 말에 나는 유디트 누나의 발에서 운동화를 벗겨 방 안으로 던져 버렸다.

"쯧쯧, 그렇게 거칠게 굴지 마. 이런 때에는 경건한 마음으로는 더 이상 살아갈 수 없단다. 실리적으로 생각하지 못하는 사람은 죽고 말지."

그 사람들이 밖으로 나가자 진땀이 났다. 그 정도로 몸이 허했다. 나는 그 사람들의 등 뒤에 대고 쾅 소리가 날 정도로 세게 문을 닫았다. 나는 창밖을 내다보지 않았다. 그리고 소파에 쓰러져 울기 시작했다. 옌스가 슬퍼하는 날 걱정해서 그랬는지, 배가 고프다고 말하려고 했는지 내게 다가와 목덜미를 쓰다듬었다.

7. 살아남은 자들

엄마 아빠는 신체적인 면에선 나보다 회복이 빨랐다. 케르스틴과 유디트 누나의 죽음에서 헤어나지 못한 엄마는 핵폭탄이 떨어지고 난 직후의 침묵으로 되돌아갔다. 아무것도 물어보지 않았고, 알리고 하지도 않았다. 밖에도 나가지 않았고, 성으로는 눈길조차 던지지 않았다. 그냥 옌스와 나, 그리고 아빠에게만 온 관심을 기울였다.

이제 엄마는 옌스에게 끔찍이 매달렸다. 그리고 옌스도 마찬가지였다. 그 사실에 안심이 되었다.

아빠가 옌스를 두고 "이런 때에 딱 맞는 아이야."라고 말한 적이 있었다.

그 아이는 정말로 그랬다. 오뚝이 같은 아이였다. 아무것도 그 아이를 쓰러프릴 수 없었다. 옌스는 잠시 동안만 케르스틴과 질케를 보고 싶어 했다. 하지만 곧 다시 기분이 좋아졌다. 항상 밝았고, 모든 것에 만족했다. 옌스와 놀아 줄 때면 우리는 우리가 겪었던, 그리고 우리 앞에 놓여 있는 끔찍한 일들을 잠깐 동안이나마 모두 잊을 수 있었다. 옌스는 벌써부터 이런 생활을 아무렇지도 않은 듯이 여겼다. 그 애는 있는 그대로를 받아들였다. 단지 가끔씩 밤이 되면 질케나 자기 엄마를 애처롭게 부르곤 했다.

나는 병원 사람들과의 의리를 지키기 위해 집을 나서는 일을 감행하기까지 정말로 오랜 시간이 필요했다. 아빠는 내가 유령처럼 보인다고 했다. 9월 초가 되어서야 나는 비틀거리면서 병원으로 갈 수 있었다.

병원은 텅 비어 있었다. 사람들이 죽은 사람들을 모두 밖으로 들어 냈던 것이다. 텅 빈 병실마다 발소리가 울려 퍼졌다. 바닥엔 아직도 피와 오물 그리고 토사물들이 들러붙어 있었다. 나는 리자 할머니를 찾아보았다. 여기에 오면 틀림없이 할머니를 다시 만날 거라고 생각했다. 그걸 기대하며 기뻐했는데⋯⋯. 리자 할머니가 돌아가셨을 거라고는 상상도 할 수 없었다. 나중에 쉐벤보른 사람들에게 할머니를 보지 못했느냐고 물어보았다. 하지만 티푸스가 돌고 난 뒤, 할머니를 만난 사람은 아무도 없었다. 지하실에서 작고 더러운 곰 인형한 개를 발견했다. 나는 옌스에게 주려고 집어 들었다.

집으로 돌아오는 길은 너무나 힘들었다. 집에 도착하자, 나는 땀에 흠뻑 젖은 채 소파에 쓰러졌다.

다음 번엔 시내로 나가 보았다. 시내는 아주 조용했다. 숲으로 도망갔던 쉐벤보른 사람들 가운데 살아남은 사람들이모두 집으로 돌아온 지 오래되었는데도 말이다. 아빠는 집집마다 죽은 사람이 없는 집이 거의 없다고 이야기해 주었다. 또 다른 전염병도 돌았는데, 일종의 이질 같은 것으로 티푸스와 마찬가지로 많은 수의 희생자를 냈다.

"지금까지 토박이와 외지 사람들을 포함해서 모두 3천 명내지 4천 명 정도가 쉐벤보른에 묻혔다고 하더구나. 풀다에서 목숨을 잃은 쉐벤보른 사람들은 빼고 말이다."

아빠가 말했다.

핵폭탄이 떨어지기 전, 쉐벤보른의 주민 수는 약 5천 명 정도였다. 지금은 풀다 외곽에서 거의 그만큼의 사람들이 몰려들어 피난처를 마련했다.

"나쁘지 않지. 그래야 살아 있는 사람들의 먹을거리가 더 많아지니까.”

티푸스로 부인을 잃은 말레크 할아버지가 말했다.

나는 너무 놀라 할아버지를 빤히 쳐다보았다.

“왜? 내 말이 어디 틀렸냐?”

할아버지는 날 아주 이상하게 쳐다보면서 물었다.

많은 사람들이 할아버지처럼 생각했다. 모든 생각이 먹을 것을 중심으로 돌아가기 시작했다. 우리 집도 마찬가지였다. 가을이 가까웠다. 낮이 더 짧아졌고, 날씨도 선선해졌다. 사람들은 겨울이 다가오는 것을 두려워했다.

핵폭탄이 떨어지고 난 뒤, 곡식을 수확한 농부는 얼마 되지 않았다. 들판마다 밀이 웃자란 곳이 많았고, 낟알도 떨어진 지 오래였다. 그렇지 않으면 밀은 강한 비바람과 미친 듯한 소용돌이에 이리저리 쓰러져 있었다. 낟알을 모으기 위해 쉐벤보른 사람들은 무리 지어 들로 몰려다녔다. 우리도 비닐봉지와 오래 된 아마 포대를 들고 들로 나갔다.

병이 나은 뒤, 처음 들로 나오는 길이었다. 나는 이상한 생각이 들었다. 겨우 9월이었는데도 보이는 것은 온통 시들고 누런 풍경뿐이었다. 나무마다 낙엽이 떨어졌다. 가로수들은 전부 앙상한 가지를 드리우고 서 있었다.

“왜 이래요, 아빠?”

나는 불안한 마음으로 물었다.

"건조해서 그렇지."

아빠가 짧게 대답했다.

"여름에 비 한 방울 내리지 않았잖아. 그래서 가을이 더 일찍 오는 거야."

"그렇지만 무 잎사귀들 좀 보세요. 아무리 여름에 가물었다고 해도, 지금 무 잎이 저렇게 축 늘어질 수는 없잖아요. 그리고 쉐베 강가의 오리나무도 벌써 잎이 다 떨어졌던데요. 물속에 뿌리를 내리고 있는 데다가 11월이나 되어야 잎을 떨구잖아요. 무슨 뜻인지 아시겠어요?"

내가 말했다.

"너, 마치 농업 전문가나 산림 전문가처럼 말하는구나."

아빠는 언짢은 목소리로 말하고 나서, 내 팔을 강제로 붙잡아 세웠다.

엄마와 옌스가 몇 걸음 앞서 가자, 아빠가 나에게 속삭였다.

"당연히 지금은 가을이 아니야. 그건 나도 잘 알고 있어. 하지만 엄마 앞에서 이런 이야기는 입도 뻥긋해선 안 돼. 그 말을 들으면 엄마는 더 용기를 잃을 거야."

"그러니까 풀다에서 온 구름이 우리 위로도 스치고 지나갔단 말인가요?"

나는 깜짝 놀라 물었다.

"풀다뿐만이 아닐 거야. 많은 수의 원자 폭탄이 떨어졌으니, 독일 공기는 전부 방사능에 오염되었을 거야. 쉐벤보른의 공기만 깨끗할 거라고 생각하는 건 어리석은 일이야."

아빠가 말했다.

"그렇다면 식물들도 전부 오염되었겠네요. 그리고 여기서 자라는 것들은 뭐든지 만지면 안 되는 거잖아요?"

나는 깜짝 놀라 아빠에게 속삭였다.

"그러면 우리는 굶어 죽겠지. 어떻게 죽든, 결국 죽는 건 매한가지야. 배가 고픈 한 먹을 것에 손이 가게 마련이거든. 그것이 오염되었다고 해도 말이야."

그날 나는 아무것도 먹지 않았다, 그 다음 날도…….

하지만 사흘째 되던 날, 나는 너무 배가 고파서 더 이상 참을 수 없었다. 그래서 감자를 게걸스레 먹어 치웠다. 그 감자는 아빠가 며칠 전에 들에서 가져온 것이었다.

아직 추수할 게 남아 있는 농가들도 어려움을 겪었다. 이제는 콤바인을 사용할 수 없었다. 그들은 낫으로 짚단을 베어야 했다. 젊은 사람들은 대부분 낫질이라곤 한 번도 해 보지 않앴던 터였다. 사람들은 다시 노인들에게 조언을 구했다. 그러나 큰 낫은 거의 구할 수 없었다. 사람들은 손으로 볏단을 잡아 뽑는가 하면, 작은 낫('지헬'이라고 하는 초승달 모양의 손잡이가 짧고 날이 좁은 낫)이나 칼로 잘라 내기도 했다. 하지만 일의 속도가 너무 느렸다. 도와 줄 사람이 더 필요했다. 물론 사람은 충분했다. 하지만 품삯으로 돈을 받으려는 사람이 한 사람도 없었다. 돈으로 살 수 있는 것이 아무것도 없는데, 돈이 무슨 쓸모가 있었겠는가? 사람들이 품삯 대신 받고 싶어하는 것은 오로지 곡식 알갱이뿐이었다.

수확을 해도 거의 밀짚뿐이라 탈곡을 할 필요가 없었다. 이삭은 밭의 바닥이나 그루터기 사이에 떨어져 있었다. 이삭은 벌써 잔뿌리를 내리고 있었다. 우리는 그루터기만 남은 들판을 무릎걸음으로 걸어가며 이삭을 주워 모았다. 그렇게 하는 사람은 우리만이 아니었다. 들판은 이삭을 찾는 사람들로 북적댔다. 그래도 바닥보다는 짚단에서 낟알을 더 많이 얻을 수 있을 거라고 생각하는 사람들도 있었다. 그들은 들 가장자리에 보자기를 펼쳐 놓고, 그 위에 볏짚을 쌓았다. 그러고는 나무 막대기나 돌멩이로 이삭을 타작했다.

"석기 시대가 따로 없군."

아빠가 말했다.

"내년엔 어떻게 되는 거예요? 이 밭들은 전부 폭탄이 떨어지기 전에 경작된 거잖아요."

내가 물었다.

"내년은 아직 한참 멀었어. 그런 걸로 골머리를 앓지 말자꾸나."

아빠가 말했다.

옥수수 밭은 추수할 필요가 없었다. 먹을 것이 없어 굶주린 쉐벤보른 사람들이 이미 오래전에 다 거두어 갔기 때문이었다.

과일은 풍년이었다. 할아버지의 정원에 있는 나무들은 과일 무게 때문에 가지들이 축축 늘어졌다. 그러나 과일들은 하나같이 크기가 작았고, 이상하게 쭈글쭈글했다. 우리는 잎사귀가 다 떨어진 앙상한 가지에 매달려 있는 사과와 배를 땄다. 자두는 흔들어 떨어뜨렸는데, 설탕이 다 떨어져 조림을 만들 수 없었다. 말려 보려고도 했지만 곰팡이가 피기 시작했다. 전쟁도 겪었고, 전쟁 이후의 삶도 다 겪은, 경험 많은 할머니가 우리 곁에 있었더라면!

사과와 배는 얇게 저며 널빤지와 빵 굽는 판에 얹어서 말렸다. 버섯도 따다가 말렸다. 하지만 나무들과 덤불 숲에 가려 있던 도토리와 호두는 채 여물기도 전에 도둑맞고 말았다. 호

박들, 그 큰 덩어리들도 사라졌다. 마찬가지로 제대로 익기도 전에 말이다.

엄마의 두 손은 온갖 힘든 일들로 거칠어지고 갈라져 버렸다. 엄마는 더 이상 몸을 아끼지 않았다. 옛날에 엄마는 정원에서 일을 할 때마다 항상 고무 장갑을 꼈었다. 아침마다 거울 앞에 앉아 화장품으로 단장하던 일도 더 이상 없었다. 엄마는 갈색으로 그을린 채 잔주름이 많은 맨 얼굴로 분주히 돌아다녔고, 머리카락도 자라는 대로 내버려 두었다. 땀 냄새를 풍기며 신발에 흙을 묻힌 채 집에 들어올 때도 많았다. 하지만 그렇다고 해서 내가 엄마를 전보다 더 사랑하지 않았다고 생각한다면 오해다. 오히려 그 반대였으니까.

며칠 동안, 엄마는 울어서 눈이 퉁퉁 부었다. 아빠도 기분이 가라앉아 있었다.

"엄마가 임신했단다."

아빠가 말했다.

나는 깜짝 놀라 아빠를 빤히 보았다. 아빠는 어깨를 으쓱했고, 아주 의기소침해 보였다.

"엄마 아빠가 잘못 생각하신 걸 거예요. 아마 아닐 거예요."

나는 성교육 시간에 배운 것들을 생각하며 말했다.

"우리도 그랬으면 좋겠어. 하지만 임신이 분명해. 핵폭탄이 떨어지기 이틀 전, 그러니까 켈러만 씨 집에서 생일 파티가 끝난 뒤, 그날 밤이었어."

아빠는 마치 내가 어른이라도 되는 것처럼 말했다.

"어떡하니……."

엄마가 흐느껴 울었다.

돌아다녀도 될 만큼 힘이 생기자, 나는 주변 지역을 두루 답사했다. 쉬벤보른의 주변 마을들 덕분에 비티히와 무른은 거의 피해를 입지 않았다. 비티히는 풀다에서 가장 멀리 떨어진 곳이었고, 무른은 깊은 습곡 산맥에 자리잡고 있었다. 그러나 풀다 계곡에 있는 마을들부터는 남아 있는 게 거의 없었다. 농가는 무너져 내렸거나 불에 타 버렸고, 곡물 창고와 헛간들은 마치 훅 하고 불어 버린 것처럼 쓰러져 있었다. 여전히 탄 냄새가 풍겼다. 사람이라곤 거의 찾아볼 수 없었다. 이주하지 않은 생존자들은 폐허 속에 눌러 앉아 있었다. 바싹 마른 초원에는 썩은 소들이 여기저기 흩어져 있었다. 뼈만 남은 것들도 꽤 있었다. 하지만 어디에서도 까마귀 따위는 보이지 않았다. 폭발 때 밀려든 압력의 파동 때문에 산 중턱에 있는 전나무들이 성냥개비처럼 쪼개져 있었다. 도로 곳곳에는 나무가 쓰러져 있었다. 아직까지도 치운 흔적은 전혀 보이지 않았다. 풀다 방향으로 가면 갈수록, 숲이란 숲은 모두 초토화되었다. 연못에는 죽은 물고기들이 배를 드러낸 채 둥둥 떠 있었다. 폭탄이 떨어지고 난 뒤에도 오랫동안 살아 있었던 모양이었다. 여기저기, 특히 나무 아래로 자그마한 새들의 뼈가 발에 밟혔다.

어느 작은 마을에 도착하자, 길이 풀다 너머로 이어져 있었다. 마을엔 제대로 남아 있는 게 없었다. 그러나 다리만은 아직 온전했다. 전신주 한 개가 다리로 넘어져, 끊긴 전선들이 아래로 늘어져 있었다. 나는 다리 위에 서서 잠깐 동안 물 속을 내려다보았다. 물은 회색으로 매우 탁했다.

담황색 버들 숲 옆에 시체 몇 구가, 그러니까 쪼그라든 살이 붙어 있는 작고 새까만 뼈들이 서로 뒤엉켜 동강이 난 채 들러붙어 있었다. 불에 타 죽은 사람들이었다. 그 위로 강가의 잡초들이 무성하게 우거져 있었다.

나는 과감히 풀다 방향으로 조금 더 가 보았다. 회색 경치가 펼쳐진 뒤, 검은색 경치가 이어졌다. 계곡은 완전히 비로 쓸어 버린 것 같았다. 나무 둥치 몇 개가 아직 비죽이 남아 있었고, 길 옆에 있는 찌그러진 자동차만이 이곳에 한때 사람들이 살았었다는 걸 기억하게 해 줄 뿐이었다. 목초지는 그슬려 있었고, 들은 바짝 말라 있었다. 불에 타 버린 숲은 겨울처럼 잎이 다 떨어져 있었다. 풀다 강변에만 녹색 기운이 조금 보였다.

나는 확실하게 풀다가 보이는 곳까지 갔다가 되돌아왔다. 이번 나들이에서는 집에 가져온 것이 하나도 없었다. 풀다 계곡엔 이제 버섯 하나 자라지 않았다.

그날 본 것을 이야기하자, 아빠가 말했다.

"풀다를 그렇게 만든 건 작은 폭탄 한 개였을 수도 있어. 풀다는 대도시가 아니잖아. 폭탄을 던지는 사람들은 늘 경제적이거든. 풀다를 싹 밀어 버리는 데는 소구경 총알 크기만 한 폭탄 하나면 충분했을 거야."

한번은 아빠와 내가 엄마를 위해 베이컨이나 비계 같은 기름기 있는 음식을 구해 보려고 동쪽으로 간 적이 있었다. 우리는 국경선까지 갔다.(*저자가 이 글을 쓴 1980년대 전반기 당시, 독일은 동·서독 체제하에 있었다. 이 글의 무대 역시 분단 시기 독일인 점을 감안하면, 국경선은 동독과 서독의 경계선, 즉 헤쎈주와 튀링엔 주 사이의 국경선을 의미한다.) 감시탑은 텅 비어 있었고, 깊이 파인 바퀴 자국 위로 잡초가 돋아나 있었다. 우리는 계곡을 내려다보았다. 국경선 울타리가 뒤집혀 있었고, 울타리 기둥들은 부서져 있었다. 마치 누군가가 굴삭기를 밀고 지나간 것처럼 보였다. 우리 근처에도 철조망이 끊긴 곳이 많았다. 그곳으로 사람들이 자주 오갔는지 길들이 생겨나 길게 이어져 있었다.

우리가 서 있는 곳에서 가장 가까운 오솔길로 수염을 깎지 않은 한 남자가 우리 쪽으로 걸어오고 있었다. 그 사람은 등에 배낭을 메고 아이 한 명을 안고 있었다. 그리고 뒤에서 조심스럽게 등을 밀며 또 한 아이를 앞세워 오고 있었다. 우리는 숨을 죽이고 그 사람을 관찰했다. 하지만 날아오는 총알도 없었고, 개 짖는 소리도 들리지 않았다. 그리고 사이렌도 울리지 않았다. 우리가 서 있는 곳까지 오자, 그 사람은 친절하게 인사를 건넸다.

"운이 좋으셨습니다."

아빠가 물었다.

"왜요?"

아저씨가 답했다.

"여긴 이제 아무도 총을 쏘지 않습니다. 폭탄이 떨어지고 난 다음부터 말입니다. 사람들이 자주 다녀서 생긴 길에서 벗어나지 않게 조심만 하면 됩니다. 여긴 아직도 사방이 지뢰밭이거든요."

"지금, 그러니까 국경 너머로 도망갈 수 있다는 말씀이군요. 하지만 그렇게 하려는 사람들이 있습니까?"

아빠가 믿을 수 없다는 듯이 물었다.

"도망간다고요? 무엇 때문에요? 지금은 아무도 도망가는 사람이 없습니다. 그 반대지요. 당신들 쪽에서 점점 더 많은 사람들이 우리 쪽으로 넘어오고 있어요. 여기 튀링엔 지역은 큰 피해 없이 그 일을 면했습니다. 물론 아이젠아흐, 고타, 에어푸르트는 사라져 버렸지만요. 그리고 마이니겐과 줄은 풀다에서 온 구름 때문에 완전히 끝장나 버렸습니다. 그렇지만 티푸스와 이질을 이겨 낸 사람이라면 이 지역 주변에서 아직 살 만할 겁니다."

아저씨가 말했다.

"그런데 보아하니 도망가시는 것 같습니다."

"저 말입니까?"

아저씨가 놀라서 물었다.

"배낭 때문에 그렇게 생각하십니까? 아닙니다. 훨씬 더 망가진 곳으로 가는 건 정말 어리석은 일이지요. 저기 건넛마을에 있는 외삼촌 댁을 방문하러 가는 길입니다. 몇 년 동안 그분들이 우리에게 소포를 보내 주셨어요. 요즘은 제가 그분들에게 이따금씩 햄 덩어리를 건네 드리곤 하지요. 폭탄이 떨어지고 난 뒤 얼마 안 되어, 그분들이 치던 돼지가 모두 죽어 버렸거든요. 전염병도 만만치 않았습니다. 우리 마을과 이웃 마을 몇 곳은 전염병이 그냥 지나쳐 갔어요. 그 대신 우리 마을엔 소들이 희생되었지요. 일주일만에 젖소 스물두 마리가 모두 사라졌다니까요!"

"그러니까 이제 이곳이 더 이상 국경 지대가 아니라는 겁니까?"

아빠는 황당한 표정으로 물었다.

"내가 아는 한은 아닙니다. 어쨌든 사람들은 국경선이 있는지 없는지 전혀 인식하지 못하고 있습니다. 모든 게 엉망으로 망가졌는데, 경계선이 대체 무엇 때문에 필요하겠습니까? 베를린 주변으로는 돌멩이 하나 제대로 남아 있지 않답니다. 그리고 라이프치히와 드레스덴은 한바탕 바람이 휩쓸고 지나간 것 같다는군요. 동쪽으로 가면 갈수록, 간 거리만큼 죽은 사람 수가 많아진답니다. 거기선 사람들이 아직도 계속 죽어 나가고 있어요. 전염병으로만 죽는 게 아닙니다. 방사능도 있지요. 이 망할 놈의 방사능도요. 그놈 앞에선 안전한 사람이 하나도 없지요."

"그럼 지금 우리가 다시 하나가 된 겁니까?"

아빠가 물었다.

"그런 것 같습니다. 하지만 도대체 요즘 사람들이 뭘 알기는 제대로 아는 겁니까? 그저 소문만 들을 뿐이지요. 신문도, 텔레비전 방송도 없지 않습니까. 이젠 어쩌면 정부조차도 없을지 모릅니다. 도대체 누가 이렇게 산산조각 난 상황을 바로잡을 수 있겠습니까? 우리 마을에서는 시장직을 맡으라고 서로 미루고 있는데, 누가 그런 일을 맡겠어요? 다른 사람에게 피해를 주더라도 자기만 살고 보자는 생각들뿐인데."

아저씨가 말했다.

"맞습니다. 사람들은 그동안 받은 좋은 교육들을 전부 다 잊어버렸어요. '네 이웃을 사랑하라'는 도덕도 말이죠. 사람들은 점점 동물이 되어 가고 있어요. 그리고 늘 먹을거리가 문제지요! 먹을거리가 문제가 되면 서로 물어뜯곤 합니다. 거기선 가장 강한 자들만이 살아남습니다."

아빠가 말했다.

"그러게 말입니다."

그렇게 말하며 아저씨는 배낭을 벗었다. 배낭 안에 손을 집어넣더니 나에게 햄 한 덩어리를 꺼내 주었다.

"자, 너한텐 기름기 있는 음식이 필요할 것 같구나. 마치 고난스런 예수의 얼굴 같아."

아저씨가 나를 보고 말했다.

"국경선 부근을 돌아보면 뭔가 쓸 만한 것을 얻을 수 있을 겁니다. 저쪽 길로 죽 따라가면 말입니다. 저 길은 평소에 순찰차가 오고 가던 길인데 요즘은 남쪽과 북쪽을 잇는 가장 좋은 도로가 되었죠. 혹시 고장도 나지 않고 휘발유가 남아 있는 자동차가 있다면 훨씬 빨리 갈 수 있을 텐데요. 자전거를 타고 가는 사람들은 자주 봤습니다. 아무쪼록 살아남으시길 바랍니다!"

아저씨가 아빠에게 말했다.

그런 뒤 아저씨는 아직 살이 포동포동한 작은 여자아이를 다시 안고 걸어가기 시작했다. 우리에게 감사하다는 인사말조차 할 틈도 주지 않고 말이다.

"저 너머에 아직 햄이 있다는데, 왜 그리로 넘어가지 않아요?"

나는 아빠에게 물었다.

"나도 모르겠어. 어쩌면 아직도 국경선을 지켜야 할 의무감을 느끼는 사람이 있을지도 모르지. 그런 것이 그렇게 갑자기 달라질 수는 없는 일이야. 엄마가 날 붙잡고 놔 주지 않으면 어쩔 거냐?"

아빠가 말했다.

나는 아빠에게 나 혼자 넘어가는 것은 어떻겠느냐고 물었다. 하지만 아빠는 그것도 원하지 않았다.

"모를 일이야. 모든 것은 다 소문일 뿐인걸."

우리는 조심스럽게 경계선 울타리로 조금 더 나아갔다가 되돌아왔다. 돌아오는 길에 우리는 몇몇 농가에 들러 비계나 다른 먹을 것이 있는지 물어보았지만, 아무것도 얻지 못했다.

"오늘 벌써 12명도 더 되는 구걸하는 사람들이 다녀갔어요."

한 농사꾼 아줌마가 말했다.

"누군 뭐 배불리 먹고 사는줄 아나 보지? 남자가 한 명하고 반쪽이구먼? 안 되지. 꼬맹이들이 딸린 여자나 임신한 여자라면 벌써 뭘 줘도 줬지. 당신들은 알아서 해결할 수 있잖아."

늙은 농부는 화를 내며 으르렁거렸다.

"제 아내가 임신 중입니다. 그리고 집에 어린아이도 한 명 있어요."

아빠가 말했다.

"누구나 그렇게 말하지!"

농부가 아빠에게 소리쳤다.

결국 우리는 알아서 해결하기로 했다. 농가를 떠나면서 우리는 헛간 뒤 구석으로 닭 한 마리를 몰았다. 녀석을 붙잡은 것까진 좋았는데, 아빠가 그만 녀석의 목을 비틀지 못했다. 녀석은 날개를 치며 흥분하여 꼬꼬댁거렸다. 농부가 그 소리를 들은 모양인지, 개를 풀어 놓았다. 개가 미친 듯이 짖으며 달려왔다. 닭을 놓아 줄 수밖에 없었다. 아빠가 장작더미에서 말뚝을 뽑아 들더니 개의 등을 내리쳤다. 녀석이 깽깽거리며 슬금슬금 물러갔다. 나는 녀석이 안쓰러웠다. 하지만 손에서 빠져 나간 닭이 내 마음을 더 아프게 했다.

"그 농부 말이 맞는 것 같구나."

아빠가 걸어가며 혼잣말로 중얼거렸다.

집으로 돌아오는 길 내내 아빠는 깊은 생각에 잠겨 말 한 마디도 하지 않았다. 해가 질 무렵, 우리는 외따로 떨어져 있는 밭에서 감자 몇 알을 캐내어 배낭을 채웠다. 햄 덩어리를 얻지 못했다면, 오늘은 헛수고한 날이었을 것이다. 나는 다음 번엔 혼자 구걸하러 가기로 작정했다. 나는 아직 아이였고, 나에게 아무것도 주지 않고 쫓아 버리는 농부는 드물었다. 비록 가축 사료용 무 한 개였지만 말이다.

우리는 한밤중이 되어서야 집에 도착했다. 엄마는 굉장히 낙심한 채 벌써부터 우리를 기다리고 있었다. 그날 오후 엄마가 할아버지의 작업장에서 옌스와 함께 저민 사과를 실에 꿰고 있는 동안, 누군가 몰래 들어와 지하실을 반쯤 비워 버렸다. 지난 몇 주 동안 우리가 들판에서 가져온 감자가 절반이 넘게 사라졌다. 도둑은 소리 없이 감자를 자루에 넣어 지하실 창문 밖에서 기다리던 공범에게 넘겨 준 것이었다. 이웃 사람이 분명했다. 아빠와 내가 새벽 일찍 집을 떠나는 걸 지켜본 것이 틀림없었다. 당근과 배추도 없어졌다.

"개를 길러야겠어."

화가 난 아빠는 거칠게 숨을 몰아쉬며 말했다.

"뭘 먹이려고요?"

엄마가 물었다.

그때부터 우리는 엄마 혼자 집에 두지 않았다. 아빠가 나가면, 내가 집에 남아 있었다. 내가 뭘 좀 훔쳐 오려고 나갈 때면, 아빠가 집에 머물렀다. 이런 식으로 도둑맞은 양만큼 다시 채워 놓으려니까 시간이 너무 오래 걸렸다. 게다가 겨울이 다가올수록 들에서 훔치는 일도 점점 더 위험해졌다. 한번은 아빠가 신음하며 집에 돌아온 적이 있었다. 셔츠는 찢어졌고 코에선 피가 흘렀다. 무를 훔치다가 농부에게 들켜 호되게 두들겨 맞았던 것이다.

이제 들에선 아무것도 가져올 것이 없었지만 우리는 날마다 쉬지 않고 집을 나갔다. 한번은 아빠가, 한번은 내가 나가

서 나무를 해 왔다. 아빠와 나는 할아버지의 낡은 자전거를 타고 다녔다. 바퀴에 구멍이 나자, 바퀴 테만 달고 계속해서 자전거를 몰고 다녔다. 우리는 헛간에 있던 오래된 두 바퀴짜리 트레일러에다 나무를 쌓았다. 매일 나뭇단이 높이 쌓여 갔다. 쌓아 올린 나무는 줄로 단단히 잡아맸다. 서로 누가 더 높이 쌓아 올리는지 경쟁도 했다. 집에 남은 사람은 나무를 화덕에 집어 넣기에 알맞은 크기로 잘랐다.

나무를 두고는 치고 박고 싸울 필요가 없었다. 쇼른베르크 숲에는 바싹 마른 잔가지들과 쓰러진 나무들에서 나온 굵은 가지들이 가득했다. 그리고 숯처럼 타 버린 나무들도 불을 붙일 수 있었다. 반면 도끼와 톱은 여유가 없었다. 내가 잠깐 부엌에 식사하러 간 사이에 누군가 우리 집에서 가장 좋은 톱을 훔쳐 갔다. 아빠는 화가 나서 펄펄 뛰었다.

"붙잡히기만 하면 때려 죽여 버리겠어!"

아빠가 울부짖는 소리로 말했다.

나는 아빠가 정말로 그렇게 할지도 모른다고 생각했다.

우리는 낮 동안엔 화덕이 있는 부엌에서 생활했다. 집에서 따뜻한 곳이라곤 부엌밖에 없었다. 밤이 되면 우리는 온기라고는 전혀 없는 방에서 잠을 청했다.

우리 넷이 모두 집에 있으면 부엌이 아주 비좁았다. 부엌은 기껏해야 세 평도 채 되지 않았다. 그런 데다가 옌스는 집에 갇혀 있는 걸 싫어했다. 그 아이에겐 놀 장소가 필요했다. 그래서인지 자주 찡얼거렸다. 아빠는 그걸 견뎌 내지 못했다.

"그 애한텐 아무 잘못이 없어요."

엄마가 말했다.

"그래 그래, 알고 있어."

아빠가 체념한 듯 한숨을 지었다.

우리는 반쯤 망가진 신발을 부엌에다 말렸다. 그리고 엄마는 손빨래를 하여, 이쪽 벽에서 저쪽 벽으로 걸어 놓은 빨랫줄에다 말렸다. 부엌에선 음식 찌든 냄새와 재 냄새, 그리고 세제 푼 물과 땀 냄새가 풍겼다. 하지만 우리는 금세 익숙해졌다. 부엌이 바로 우리 집이었다.

8. 첫 번째 겨울

아직 9월밖에 되지 않았는데, 쉐벤보른 사람들 가운데서
도 원자병을 앓는 사람들이 나타나기 시작했다. 그들의 증상
은 병원에서 보았던, 풀다 지역에서 온 사람들과는 다르게 진
행되었다. 병원에 있던 환자들은 대부분 빨리 죽었다. 그런데
쉐벤보른 사람들은 오랫동안 병을 앓았다. 단지 몇몇 아이들
만이 다른 사람들에 비해 빨리 진행되었다. 아이들은 백혈병
으로 죽었다.

나와 단둘이 있을 때 아빠가 말했다.

"이제부터 시작이야. 죽음이 발소리를 죽이며 다가오고 있
는 거야. 이르든 늦든 간에 우리 모두에게 차례가 돌아오지.
그냥 차례차례 순번에 따라 오는 거야. 그리고 아무도 갑작스

런 공포에 빠지지 않도록 아주 천천히 지나가지."

진짜 그랬다. 이 병 때문에 떼죽음을 당하지는 않았다. 사람들은 천천히 그리고 외롭게 죽어 갔다. 이곳에 있는 사람이 출혈성 백혈병으로 죽으면, 저쪽에 있는 사람은 끊임없는 장출혈과 객혈로 죽었다. 그러나 원인은 항상 똑같았다. 방사능 성분의 빛줄기가 바로 그것이었다.

10월이 지나고, 11월이 되었다. 눈이 오기 시작했다. 옌스는 눈을 마지막으로 본 게 언제였는지 기억하지 못했다. 옌스는 넋을 잃은 채 눈송이를 잡으려고 했다. 나는 옌스와 함께 눈싸움을 했다. 이웃집에서 크라머 아줌마가 굉장히 놀란 표정으로 내다보고 있었다. 아마 아줌마는 웃음소리를 오래전에 듣고 못 들어 본 모양이었다. 아니, 들어 보았을 수도 있겠다. 왜냐하면 티푸스가 돌아 성에 있는 아이들을 아무도 돌보지 않을 때, 아줌마가 아이 2명을 데려와서 길렀기 때문이다. 그중 한 아이는 이질로 곧 죽고 말았지만, 다른 아이는 아직 살아 있었다. 양손에 화상 흉터가 있는 여섯 살 먹은 여자아이였다. 아줌마가 아이를 데리고 온 뒤로, 아줌마가 묵고 있던 집 사람들이 모두 아줌마에게 불만을 터뜨렸다. 그런데도 아줌마는 그 아이와 함께 있기를 고집했다. 엄마는 그 아이를 보자, 눈물을 철철 흘렸다. 분명 엄마는 케르스틴과 유디트 누나를 떠올렸을 것이다. 케르스틴 역시 1년 전, 첫눈이 왔을 때 너무도 반가워하며 즐거워했었다.

성냥이 다 떨어졌다. 할아버지의 라이터에 가스가 떨어진 지 벌써 오래였다. 게다가 부싯돌도 다 닳아 버렸다. 우리는 밤새 불이 꺼지지 않도록 지켜야 했다. 적어도 다음 날 아침 잘게 자른 나무 조각을 불씨에 대어 불을 살릴 수 있어야 했다. 날마다 누군가 문을 두드리며, "베네비츠 부인, 불씨 좀 있으세요?" 하고 물었다.

하지만 너무 피곤한 나머지 잠에 취해 장작을 더 얹지 못할 때도 있었다. 그러고 나면 다음 날 아침, 화덕이 차가워져 있었고, 나는 이웃집에 불씨를 구하러 가야 했다. 불은 이제 음식 다음으로 중요한 것이 되었다.

만약 옛날에 이런 형편 없는 음식을 먹으라고 내놓았다면 손도 대지 않았을 것이다. 휴가 여행에서 돌아오면, 아빠는 또 얼마나 자주 아는 사람들한테 이야기했던가.

"호텔 위치는 훌륭했지. 해변가에 바로 붙어 있었거든. 하지만 음식은 완전히 사료 수준이었어."

그런 경우, 돈가스는 그저 약간 질긴 정도였고, 수프엔 마늘이 좀 많이 들어간 정도였다. 요즘 같으면 그런 호텔 음식에 게걸스럽게 달려들었을 것이고, 오징어에 잼을 곁들여 준다고 해도 아주 맛있다고 생각했을 것이다!

날마다 스웨덴 순무와 감자를 먹었다. 점심때에도, 저녁때에도. 그리고 아침에는 커피 분쇄기에 곡식과 씨앗을 갈아 죽을 끓여 먹었다. 우유도 설탕도 타지 않은, 그냥 물에 끓인 죽이었다. 게다가 소금도 아껴야 했다. 이미 시내에는 소금이 거의 동난 상태였고, 물물교환 때에도 값이 아주 높았다. 벌써 오래 전부터 우리는 사료용 소금으로 간을 맞췄다. 음식들은 맛이 다 밍밍했다.

핵폭탄이 떨어지고 난 뒤 처음 맞은 크리스마스를 나는 결코 잊지 못할 것이다.

엄마는 거실로 난 문을 열어 놓았다. 그 방은 어둡다 못해 깜깜했다. 겨울이 되자 유리창에 판자를 박고, 틈새를 건초와 짚으로 막아 놓았기 때문이다. 그 큰 방을 데우려면 오랜 시간이 걸렸다. 들어갔을 때 겨우 온기를 느낄 만큼 데우는 데도 말이다. 엄마는 작년에 사용하고 남은 작고 빨간 양초를 꺼냈다. 엄마가 전나무 가지로 만든 화환 속에 초를 꽂고 불을 붙였다. 우리는 둥글게 앉아서 익숙하지 않은 빛을 가만히 바라보았다. 보통 저녁 때는 화덕 불만 켜 놓았고, 일곱 시나 여덟 시 정도면 벌써 잠자리에 들었다. 촛불이라니, 얼마나 근사한 불빛인가! 엄마는 하나하나 오르골의 태엽을 감았고, 마지막으로 폭탄이 떨어지던 날 우리가 할머니를 위해 가져온 오르골을 열었다. 〈오솔레미오〉 멜로디가 흘러나왔다. 우리는 끊임없이 깜빡거리는 촛불을 바라보면서, 엄마가 서랍장에서 꺼내 온 오르골에서 흘러나오는 서툰 연주 소리를 감동스럽게 듣고 있었다. 그 소리에 옌스는 깜짝 놀랐다. 옌스는 빨아서 깨끗해진 곰 인형과 엄마가 낡은 털실로 뜬 꼭두각시를 선물로 받았다. 아빠는 손수 나무를 깎아 만든 팽이를 주었다. 옌스는 좋아서 어쩔 줄 몰라 했다.

하지만 옌스를 제외한 우리 모두는 케르스틴과 유디트 누나, 할아버지와 할머니, 그리고 질케를 떠올렸다. 엄마가 울자, 아빠가 손을 꼭 쥐어 주었다. 그리고 나도 꼬마였을 때처럼 엄마 아빠의 무릎에 얼굴을 묻고 울고 말았다. 하지만 옌스가 보지 못하도록 식탁 아래에서 울었다. 그 아이에겐 즐거운 크리스마스였을 테니까.

촛농이 흘러내리자 엄마가 구운 감자를 내왔다. 국경 지대에서 만난 아저씨에게서 얻어 온 마지막 햄 조각들이 들어 있었다. 그리고 각자에게 과일 조림도 한 접시씩 돌아갔다. 그건 할머니가 손수 절인 딸기 조림이었다. 유리병에 날짜도 씌어 있었다. 핵폭탄이 터지기 11일 전이었다.

특별히 추운 겨울은 아니었다. 그러나 땔감을 충분히 모으지 못한 사람이나, 지붕이 날아가 버린 사람, 그리고 국도를 따라 몸을 끌고 다니는 노숙자들에게는 아주 혹독한 겨울이었다. 특히 아이들에겐 더욱 그랬다. 고아나 미아가 된 아이들은 돌봐 주는 사람이 없어 초라하고 제멋대로 자랐다. 아이들은 대부분 신발을 신지 않았다. 다리에 누더기를 두르고 다니는 아이들도 있었고, 심지어 두 발이 다 동상에 걸린 채, 맨발로 다니는 아이들도 있었다.

엄마는 문을 두드리는 아이에게 순무 수프를 한 접시 가득 주었다. 밤에 문을 두드리는 아이는 부엌 화덕 앞에서 자게 했다. 그러나 다음 날 아침, 엄마가 아이를 다시 문밖으로 떠밀 때면, 가슴 아픈 장면이 자주 펼쳐지곤 했다. 아이들은 하룻밤 동안 다시 집에 있는 듯한 평안함을 준 온기와 수프 곁에 남아 있고 싶어했다.

하지만 엄마는 매몰찼다.

"이젠 내가 할 수 있는 일 이상은 떠맡지 않을 거예요. 저 불쌍한 아이를 며칠만 데리고 있어도, 난 어느새 아이에게 매달리게 될 거예요. 그럼 저 아이를 다시 내보내지 못할 거예요."

엄마가 말했다.

아빠는 엄마의 말이 옳다고 인정했다.

"살아남고 싶으면, 지금 같은 때엔 자기 가슴에 따귀를 한 대 때려야 해. 기독교적인 이웃 사랑이 한 사람의 목숨을 앗아 간다면, 그 사랑이 무슨 소용이 있겠니?"

언젠가 아빠는 그렇게 말한 적이 있었다.

성의 지하실에는 거지 아이들 몇이 둥지를 틀고 있었다. 가장 나이가 많은 아이가 열네 살 정도였고, 가장 나이가 적은 아이는 두 살 혹은 세 살이 넘지 않은 것 같았다. 큰 여자아이 두 명이 우두머리였다. 이따금 나는 조용히 성을 지나가면서 아이들을 살펴보았다. 아이들은 누군가 멈춰 서서 자기네들을 바라보면, 자신들에게 적대감을 갖고 있는 거라고 생각했다.

"꺼져 버려, 이 멍청한 놈아! 안 그러면 마구 패 줄 거다!"

아이들이 나에게 소리쳤다.

내가 그 자리를 뜨지 않으면 아이들이 정말로 그렇게 할 것 같았다. 아이들은 서로 똘똘 뭉쳐 있었다. 아이들을 살펴보니, 성한 아이들보다 장애아가 더 많았다. 킬레라고 불리는 여덟 살짜리 아이는 왼쪽 눈과 왼쪽 팔이 없었다. 빨강머리 로베르트는 오른쪽 다리를 질질 끌고 다녔다. 그 아이는 등에 책가방을 메고 다녔는데, 한 번도 가방을 벗어 놓지 않았다. 그리샤는 다섯 살 내지 여섯 살 정도 된 아이였는데, 얼굴에 온통 상처 자국이 있었다.

로베르트와 아이들 몇 명은 엄마와 유디트 누나가 성에서 아이들을 돌볼 때부터 알고 있었다. 안드레아스는 양쪽 다리가 모두 없었는데, 아이들은 그 애를 낡은 유모차에 앉혀 여기저기 밀고 다녔다. 그 아이는 나이를 가늠하기가 어려웠다. 하지만 얼굴이나 목소리로 판단해 보면, 적어도 열네 살은 된 것 같았다. 한번은 안드레아스가 작은 아이들에게 유모차를 밀게 하여 지하실을 빙 둘러 사방 벽에다 다음과 같은 글을 쓰는 걸 본 적이 있었다.

천벌 받은 부모들!

밝은색 벽에 숯으로 글씨를 써 놓아 먼 데서도 읽을 수 있었다.

여덟 살 미만으로 보이는 금발인 여자아이도 한 명 있었다.

금발 아이는 언제나 또다른 여자아이를 데리고 다녔는데, 그 아이는 더 이상 얼굴이라고 할 만한 것이 없었다. 코는 거의 다 잘려 나가 조그만 동강만 남아 있었고, 뺨에 난 커다란 구멍으로 이가 드러나 보였다. 이마와 함께 다른 쪽 뺨도 깊은 흉터로 주름이 패여 있었다. 복실이라고 불리는 아이는 정상이 아닌 것 같았다. 그 애는 이따금 별다른 이유 없이 지독하게 비명을 지르며 울어 댔다. 그러면서 옆에 있는 아이를 꽉 붙들었다. 그러면 얼굴이 망가진 아이가 달려와 쓰다듬어 주고, 꼭 안아 주기도 하면서 아이가 다시 조용해질 때까지 옆에 있었다.

나머지 3명의 아이들도 생각나는데, 여자아이인지 남자아이인지 전혀 듣지 못했다. 세 아이들 모두 금발의 곱슬머리였고 무척 어렸다. 처음 보았을 때, 그 아이들은 아무런 결함이 없어 보였다. 하지만 시간이 지나면서 그 아이들이 듣지 못한다는 사실을 알게 되었다. 3명 가운데 제일 나이가 많은 아이는 걸을 때마다 비틀거렸다. 엄마에게 그 아이들 이야기를 했다.

"아마 고막이 터졌을 거야. 그리고 제일 큰 아이는 속귀에 상처가 났을 거고. 가엾기도 해라."

엄마가 말했다.

나는 가장 나이가 많은 여자아이 두 명을 보는 게 가장 좋았다. 그 애들은 둘 다 이름이 니콜이었다. 이미 가슴이 나왔지만, 얼굴은 아직 어린아이 티가 가시지 않았다. 그중 한 명은 커피색 피부에 검은 눈동자를 하고 있었다. 아마 낯선 나라에서 입양된 것 같았다. 이마에 새빨간 흉터가 비스듬히 나 있었는데, 찰랑거리는 검은 머리카락으로 흉터를 가리려 했다. 또 다른 니콜은 주근깨투성이에 피부가 아주 하얬다. 머리엔 솜털처럼 연한 금발이 새로 돋아나고 있었다. 그 아이는 한쪽 엄지손가락이 없었다.

두 명의 니콜은 시내 어딜 가든 만날 수 있었다. 그 애들은 '자기네' 아이들과 함께 먹을 것을 구걸하느라 쉬지 않고 돌아다녔다. 아무것도 주지 않는 사람에겐 발 앞에다 침을 뱉고, "원자병이나 걸려라, 이 나쁜 놈아!" 하고 야유를 퍼부었다. 많은 사람들은 순전히 두려움 때문에 삶은 감자나 당근 같은 걸 그 애들에게 몰래 쥐여 주었다.

낮에 자기네 아이들에게 줄 것을 얻지 못하면, 그 애들은 밤에 도둑질을 했다. 한번은 커피색 피부 니콜이 리핀스키 부인의 손가락을 깨문 적이 있었다. 밤늦게 리핀스키 부인의 지하실에서 딱딱한 소시지(*주로 '살라미 소시지'를 일컫는다. 소와 돼지의 어깨 살에 잘게 다진 돼지 지방과 소금, 향신료 등을 넣은 뒤 럼주를 첨가하여 건조시킨 것이다. 저온에서 오랜 시간 건조시키고 향신료를 많이 사용하기 때문에 단단하고 보존성이 매우 좋다.)를 막 훔치려고 하는데, 부인이 그 아이를 놀라게 한 것이다. 리핀스키 씨네는 이기적이라고 소문난 집이었다. 그들 부부는 불씨를 주는 법도, 거지에게 먹을 것을 주는 법도 없었고, 쓰레기를 실어 나를 때에도 전혀 도와주지 않았다. 사람들 사이엔 그 집 지하실에 저장품들이 무더기로 쌓여 있다는 말이 돌았다. 니콜은 소시지를 들고 지하실을 빠져 나왔다. 뒤이어 리핀스키 씨가 불같이 화를 내며 성의 지하실로 돌진해 갔지만, 이미 소시지는 사라지고 난 뒤였다. 아이들이 잽싸게 먹어 치웠던 것이다. 니콜의 무릎에 앉아 있던 어린 꼬마들만이 아직 우물거리고 있었다. 돌아오는 것 외에 무얼 할 수 있었겠는가? 아이들의 뱃속에서 소시지를 꺼낼 수도 없는 노릇이었다.

"시내에 나타나기만 해 봐라. 너희들, 죽여 버리겠어. 너희들이 아이건 어른이건 상관 없어!"

리핀스키 씨가 여자아이들에게 소리쳤다.

"그렇게 해 보시지, 이 못된 아저씨야. 당신네들, 구역질 나는 구두쇠들이 한 무더기나 되는 아이들을 돌보지 않고 굶어 죽게 한다면, 그건 당신들 책임이야!"

흰 피부 니콜이 말했다.

"비열한 놈! 폭탄이 떨어진 건 당신들 책임이야. 당신들은 아이들이 무슨 일을 겪든지 상관 없었던 거야. 중요한 건 당신들이 편하게 사는 거였지. 지금 당신들은 그 대가를 치르고 있는 거고, 그건 당신들이 벌인 일이야. 하지만 우리까지 불행에 빠뜨렸어! 뒈져 버려라!"

안드레아스가 리핀스키 씨를 향해 소리쳤다.

리핀스키 부인은 펄펄 뛰며 만나는 사람마다 그 이야기를 했다.

두 니콜들과 아이들 무리는 정말로 도시의 골칫거리였다. 하지만 나는 여자아이들이 훔쳐 온 것을 아이들에게 나눠 주고, 아주 어린 꼬마들을 무릎에 앉히고 쓰다듬어 주는 걸 한 번 본 적이 있었다. 그때부터 나는 마음 속으로 여자아이들에게 감탄하고 있었고, 그들 편이 되었다. 그런데 쉐벤보른에서 여자아이들 편은 나만이 아니었다.

어느 날 아침, 사람들은 리핀스키 씨네 집 옆에서 커피색 피부 니콜이 이마가 깨져 죽어 있는 걸 발견했다. 리핀스키 씨는 심지어 자기가 그 아이를 때려죽였다고 자랑까지 하고 다녔다.

"그 애는 이제 소시지를 훔치지 못해요. 이제 승냥이 같은 계집애만 처리하면 돼요. 그러고 나면 도시가 조용해질 겁니다."

그러나 다음 날 밤, 도시 절반이 리핀스키 씨네 집으로 떼지어 몰려갔다. 그러고는 지하실로 들이닥쳐, 완전히 비워 버렸다. 리핀스키 씨는 뇌졸중으로 쓰러져 반신불수가 되었다. 그걸 보고 불쌍하다고 동정하는 사람은 아무도 없었다. 사람들은 정의에 관해 말했다.

리핀스키 씨네 지하실이 동이 날 때, 나도 거기에 동참했다. 나는 햄 두 덩어리와 소시지 두 개를 가지고 나왔다. 소시지 한 개는 다른 사람이 낚아채 갔다. 나는 남아 있는 것을 갖고 집으로 돌아가는 대신 성으로 올라갔다. 죽은 니콜을 데리고 온 아이들은 니콜 주변에 동그랗게 웅크리고 앉아 있었다. 니콜은 뻣뻣하게 얼어 있었다. 그 아이의 팔은 마치 자신을 방어라도 하듯 위로 들어 올려져 있었고, 눈은 부릅뜨고 있었다. 나는 소시지와 햄 덩어리를 지하실 계단에 놓고 다시 나왔다.

나는 아이들이 니콜을 어디에다 묻었는지, 아니 대체 묻기는 했는지 알지 못한다. 한겨울에 곡괭이나 삽도 없이 어떻게 구덩이를 파낼 수 있었겠는가?

흰 피부 니콜은 12월 말쯤 죽었다. 아마도 탈진한 것 같았다. 얼마 뒤, 성의 지하실 구석, 안드레아스의 글씨 아래에서 귀머거리 아이들 셋이 얼어 죽은 것을 보았다. 그 뒤로 한동안 나머지 아이들이 시내를 돌아다니는 모습을 보았다. 그 아이들 중 몇 명은 자기들을 받아들여 주는 사람을 만나는 행운을 누렸다. 나머지는 하나둘씩 모습을 감추었는데, 몇 명은 얼어 죽었고, 대부분은 굶어 죽었다.

흰 피부 니콜이 죽고 며칠 뒤, 나는 슐로쓰파크의 나무 아래에 안드레아스의 유모차가 눈에 파묻혀 있는 걸 보았다. 함박눈이 펑펑 내리고 있었다. 유모차 안으로도 눈이 들이치고 있었다. 나는 안드레아스가 꽁꽁 언 채로 죽었을 거라고 생각했다. 그러나 그 아이는 아직 살아 있었다. 빨갛게 부어 오른 두 손으로 덮고 있는 이불을 찢어, 그걸 꼬아서 두껍게 밧줄을 엮고 있었다. 내가 다가가자, 그 아이는 서둘러 밧줄을 감추었다. 그러고는 적개심으로 가득 찬 눈으로 나를 노려보았다. 똑똑하게 생긴 얼굴이었다. 긴 속눈썹이 눈길을 끌었다.

"여기에 있으면 안 돼."

내가 말했다.

"벌써부터 사라지려고 했어. 하지만 두 손이 꽁꽁 얼어서 빨리 할 수 없어."

안드레아스가 우울한 목소리로 말했다.

"어디로 데려가 줄까?"

내가 물었다.

"단, 우리 집에 함께 갈 수는 없어. 엄마 아빠가 허락하시지 않거든."

"너희 집에서 나를 데리고 있겠다고 해도 따라가고 싶은 생각은 없어. 이제는 더 이상 그럴 생각이 없어. 네가 날 도와주고 싶다면 자, 시작해! 이유는 묻지 마. 이 밧줄을 저기 저 굵은 가지 위로 좀 던져 줘."

그 아이는 감추었던 밧줄을 꺼내어 높이 들어 올렸다. 긴 밧줄이었다. 그걸 찢고 꼬는 데 분명 오랜 시간이 걸렸을 것이다. 나는 굵은 가지 위로 밧줄을 던진 다음, 양쪽 끝을 그 아이의 두 손에 쥐여 주었다. 그 애는 손을 뻗어 밧줄 끝을 붙잡고 동그랗게 매듭을 지어 고리를 만들었다. 뭘 하려는 건지 궁금했지만, 그 애가 고리 속에 머리를 집어넣기 전까진 도저히 감이 오지 않았다.

"야, 너 돌았구나!"

나는 소리치면서 그 아이의 머리에서 고리를 잡아 뺐다. 그러자 그 아이는 애걸복걸하기 시작했다. 나는 차가운 두 손을 바지 주머니에 찔러 넣고, 빨래할 때 쓰려고 깨끗한 눈을 가득 채운 양동이를 두 다리 사이에 끼운 채 유모차 옆에 서 있었다. 그리고 안드레아스 쪽은 애써 쳐다보지 않았다. 옷깃 사이로 드러난 목덜미에 눈이 쌓였다.

"폭탄이 떨어지던 날 두 다리를 잃었어. 나머지 가족들은 모두 죽었지. 난 재수가 없게도 피를 많이 흘렸는데도 죽지 않았어. 니콜, 그 금발 아이 말이야. 그 아이는 전부터 알고 있었어. 우리 집에서 두 집 건너에 살았거든. 그 아이는 정성 껏 붕대를 매 주었어. 그리고 죽은 자기 동생의 유모차에 나를 앉히고 여기까지 밀고 온 거야. 그 애가 없으면 나는 죽은 목숨이나 마찬가지야. 누가 날 보살펴 주겠니?"

안드레아스가 말했다.

"그래……."

내가 말했다.

"굶어 죽을 때까지 기다려야 하겠니?"

그 애가 물었다.

"벌써 난 삼 일 전부터 아무것도 먹지 못했어. 눈만 핥아 먹었다고. 네 책임이 아니니까 어서! 너는 그냥 뒤에서 유모 차를 밀기만 하면 돼."

나는 곰곰이 생각했다. 아랫입술을 질끈 깨물며 여기서 도 망쳐 버릴까 하고 생각했다. 그러나 이 결정 앞에서 비겁하게 도망간다는 건 가장 나쁜 방법일지도 몰랐다. 그래서 나는 결정을 늦춰 보려고 했다.

"넌 사람이 죽은 다음에 가족들을 다시 만난다는 걸 믿니?"

내가 물었다.

"우리 엄마 아빠를?"

아이가 볼멘소리로 물었다.

"난 더 이상 그 사람들을 보고 싶지 않아. 엄마 아빠 그리고 엄마 아빠 세대는 모두 꺼져 버리라고 해. 그 사람들은 모든 것을 막을 수도 있었어. 이런 일이 벌어질 거라는 걸 예상했다고. 그런데 아무것도 안 하고 그냥 바라보기만 했어. 수렁에서 우리를 보호하려고 노력하지도 않았어. 우리한테 이렇게 조금밖에 남겨 주지 않을 거면서 도대체 왜 우리를 낳은 거야?"

밧줄 고리가 그 애와 나 사이를 추처럼 왔다 갔다 했다. 그 위로 눈송이가 쌓였다.

"난 지금 내 오물 위에 앉아 있어. 벌써 살이 완전히 짓물렀다고. 니콜은 나를 깨끗하게 씻겨 주었고, 먹을 것도 갖다주었어. 하지만 그 애는 이제 없어. 너, 내가 이런 비참한 꼴로 계속 살고 싶어 할 거라고 생각하니? 이건 더 이상 삶이 아니야. 제발!"

안드레아스는 다시 고리를 잡으려고 손을 뻗었다. 나는 이

번엔 아이의 손에서 고리를 빼앗지 않았다. 아이는 나에게 고맙다고 말하며 고리를 목에 둘렀다.

"됐어. 세게 밀어야 해. 알았지?"

그 아이가 말했다.

나는 고개를 끄덕였다. 그러고는 온 힘을 다해 유모차를 밀었다. 유모차가 총알처럼 빠르게 튀어 나갔다. 나는 뒤도 돌아보지 않고 달렸다. 공원 끝에 다다라서야 뒤를 돌아보았다. 안드레아스가 나뭇가지에 매달려 흔들거리고 있었다. 몇 시간이 지난 뒤, 나는 다시 그리로 가서 그 아이를 끌어내렸다. 그 아이는 온통 눈으로 덮여 있었다. 아직 유모차를 발견하여 끌고 간 사람은 없었다. 뒤집혀 있었던 데다가 새로 내린 눈이 쌓였기 때문이다. 사람들이 보면 자그마한 언덕 정도로 밖에는 보이지 않았을 것이다. 나는 유모차에다 안드레아스를 눕혔다. 그 아이는 별로 무겁지 않았다. 너무도 마른데다가 두 다리마저 없었으니까. 나는 교외에 위치한 숲 속까지 유모차를 밀고 갔다. 가는 길에 케른마이어 부인을 만났다. 나무를 짊어진 채 부인은 유모차에 든 게 뭐냐고 물었다. 나는 쓰레기라고 대답했다. 다행히 부인은 유모차 속을 들여다보지 않았다. 만약 들여다보았다면, 부인은 틀림없이 왜 알지도 못하는 죽은 사람 때문에 그렇게 애를 쓰냐고 물었을 것이다.

풀이 무성하게 우거진, 오래 된 채석장까지 유모차를 밀고
갔다. 그곳은 방학 때마다 와서 놀던 곳이었다. 거기서 우연
히 작은 동굴을 찾아 낸 적이 있었다. 꽁꽁 숨겨져 있어서 여
태까지 그 동굴을 찾아 낸 아이가 한 명도 없었다. 동굴 입구
는 속이 빈 나무 한 그루를 관통하여 이어져 있었다. 동굴은
나무 뿌리 사이에 놓여 있었는데, 높이가 아주 낮아서 쪼그리
고 앉아 있어야 했고, 팔도 거의 뻗을 수 없었다. 이제 동굴은
나에게 더 이상 필요가 없었다. 언제 다시 여기 와서 놀 일이
있겠는가 싶었다. 그래서 나는 입구에 쌓인 눈을 치우고 안드
레아스를 그 속으로 밀어 넣었다. 동굴은 아이가 몸을 쭉 펴
고 누워 있기에 넉넉한 크기였다. 나는 평평한 돌로 동굴 입
구를 막았다. 돌을 바닥에서 떼어 내는 일은 힘이 많이 들었
다. 추운 날이었다.

처음엔 유모차를 채석장의 비탈진 곳으로 밀어 버리려 했
지만, 문득 나는 앞으로 생길 동생이 생각났다. 그래서 나는
유모차를 집까지 밀고 왔다. 더러운 매트는 채석장에 던져 버
렸다. 새로 태어날 아기가 그 위에 누워선 안 된다. 절대로!

집에다가는 슐로쓰파크에서 유모차를 발견했다고 말했다.
거짓말은 아닌 셈이었다. 엄마는 무척 기뻐하며 곧바로 깨끗
이 씻어서 손질하기 시작했다. 며칠 동안 우리는 바느질 작품

들을 일일이 보여 주는 엄마 때문에 괴로웠다. 다락방의 잡동
사니 틈바구니에서 나온 반은 타 버린 누비 이불로 만든 매트
리스, 할머니의 오리털 베개로 만든 이불, 그리고 할머니 이
름의 머리글자가 박혀 있는 하얀색 천으로 만든 침대 시트까
지.

"귀엽지 않아?"

엄마는 계속해서 물어보았고, 칭찬받고 싶어 했다. 아빠와
나는 서로 눈길을 건넸지만, 당연히 엄마에게는 감격한 것처
럼 행동했다. 우리는 엄마가 다시 활발해지고, 계속해서 죽은
사람들과 좋았던 옛 시절만 생각하지 않는 것이 기쁠 따름이
었다.

9. 쉐벤보른을 떠나자

1월이 되자 쉐벤보른에는 세 번째 죽음의 물결이 넘실대기 시작했다. 이제 쉐벤보른 사람들은 전염병이 아니라 배고픔 때문에 죽어 나갔다. 도시에 살아남았던 개들 가운데 겨울이 다 갈 때까지 살아남은 개들은 얼마 되지 않았다. 개고기를 보고 구역질하는 사람도 이젠 없었다.

하지만 미쳐 버린 사람도 여럿 있었다. 예를 들자면 젊은 드레젠이 그랬다. 여름과 가을 내내 드레젠은 빨간 스포츠카를 손질하고 문질러 닦았다. 그 차는 불에 타 버리지도, 파편에 눌리지도 않았다. 그리고 차고도 아직 그대로였다.

"뭐 하러 닦는 거야? 이젠 차를 타고 다닐 수도 없잖아."

사람들이 그렇게 물으면, 그는 그냥 웃기만 했다. 핵폭탄이 떨어지고 난 뒤, 드레젠은 죽은 사람들을 태우는 일을 돕지 않을 때면, 손수레를 밀고 나와 거리에 널려 있던 쓰레기들을 치웠다. 풀다 거리에서부터 힌터 골목, 성의 돌담길 그리고 우리가 살고 있는 남문까지 말이다. 사람들은 그를 칭찬했고, 많은 사람들이 그를 도왔다. 크리스마스 때부터 남문에 사는 사람들은 폐허 더미 위로 기어올라가지 않고도 돌담길 너머로 올라가 힌터 골목으로 갈 수 있었고, 그곳에서 풀다 거리의 커브 길로 접어들어 다시 남문까지 되돌아올 수 있었다. 우리는 그것이 모두 드레젠 덕분이라고 생각했다.

1월의 어느 화창한 일요일, 쉬벤보른 사람들은 진기한 광경을 보게 되었다.

눈이 거의 남아 있지 않자, 드레젠은 반들반들하게 광을 낸 자동차를 차고에서 꺼내 몰았다. 차 오디오의 볼륨을 끝까지 올리고, 자기가 치워 뚫어 놓은 네 거리를 몇 시간째 계속 반복하여 뱅뱅 돌았다. 드레젠의 부모님은 그를 멈춰 세우고 진정시키려고 했지만, 오히려 아들의 차에 치일 뻔했다. 드레젠은 아무 말도 듣지 않았다. 그는 차를 몰고 또 몰았다. 점점 속도를 올려 금방 이 길 끝에서 저 길 끝까지 갔다 오곤 했다. 차 오디오에서 흘러 나오는 음악이 온 도시에 울려 퍼졌다. 막 숨이 넘어갈 정도의 사람을 빼고는 모두 길가로 몸을 이끌고 나왔다.

자동차다! 음악 소리다! 옛날, 폭탄이 떨어지기 전처럼 말이다. 많은 사람들이 눈물을 흘렸다. 하지만 옌스는 깜짝 놀랐다. 그 애는 달리는 자동차를 기억하지 못했다. 그 애에게 빨간 스포츠카는 기적이었다.

그 음악은 엄마에게도 감동을 주었다. 엄마는 음악이라면 항상 열광했는데, 특히 클래식 음악을 좋아했다. 엄마가 가장 좋아하는 작곡가는 슈베르트였다. 엄마는 이런 '꽥꽥거리는 팝 음악'을 싫어했다. 하지만 지금 드레젠의 자동차가 지날 때마다 들리는 크고 작은 노랫소리에 엄마는 눈물을 흘리고 있었다. 〈칭기즈칸〉, 〈아르헨티나여, 울지 마오〉 그리고 〈작은 평화〉를 비롯하여 많은 곡들이 흘러나왔는데, 한결같이 오래 되고 귀에 익은 노래들이었다. 노래들이 계속 반복하여 흘러나왔는데, 추위로 손발에 감각이 없어지는데도 한 사람도 그 노래들을 놓치려고 하지 않았다. 기름이 거의 다 떨어지자, 드레젠은 풀다 거리에서 나와 남문으로 휘어져 들어가지 않고 똑바로 직진하더니, 전속력을 다해 폐허 더미로 차를 몰았다. 폐허 더미는 거리 전체 폭만큼 넓은 데다가, 거의 건물 1층 높이만큼 쌓여 있었다. 그것은 지금도 그곳에 있다. 아마 앞으로도 계속 거기에 쌓여 있을 것이다. 드레젠의 멋진

차에서 불길이 솟구쳐 올랐다. 드레젠은 차 안에서 불타 죽었다. 아마 그렇게 하기로 작정했던 것 같다. 불타고 있는 자동차에서 몇 초 동안 더 음악이 흘러 나오더니, 이상야릇한 한숨 소리 같은 걸 내면서 사라졌다.

쉐벤보른 사람들은 자동차를 에워싸고 몸을 녹인 뒤, 불씨를 가지고 집으로 돌아갔다. 며칠 동안 사람들은 말만 꺼내면 그 자동차와 음악 이야기를 했다.

"아름다운 죽음이지. 자동차광을 위한 고전적인 죽음이랄까."

아빠가 말했다.

엄마도 더 이상 생각이 온전하지 못했다. 엄마는 갑자기 쉐벤보른을 떠나려고 했다. 계속해서 그 이야기를 꺼냈다.

"대체 어디로 가자는 거야? 지금은 겨울이잖아?"

아빠가 물었다.

"물론 보나메스지요!"

엄마는 열띤 목소리로 소리쳤다.

"당신, 돌았군. 보나메스는 프랑크푸르트의 일부이고, 프랑크푸르트는 사라졌어. 무슨 말인지 모르겠어, 잉에?"

아빠는 화가 나서 말했다.

"보나메스는 시 외곽에 떨어져 있어요. 그리고 우리가 사는 거리 입구는 시내 중심지를 향해 있지 않아요. 우리에겐 집이 있어요, 클라우스. 그건 우리 거라고요! 그걸 어떻게 쉽게 포기할 수 있어요! 이레네 켈러만은 충실하게 우리 집을 지켜 주었던 믿음직한 사람이에요!"

엄마가 말했다.

"하지만 잉에……."

"지하실엔 저장품이 가득해요. 우리 모두가 사용할 겨울 물품도 있고요. 그곳은 분명히 오래 전부터 전기도 다시 들어오고, 물도 다시 나오고 있을 거예요."

"잉에, 정신 좀 차려! 당신은 꿈꾸고 있는 거야. 당신, 새로 태어날 아기를 잿더미 속에서 낳고 싶어?"

아빠가 소리치며 엄마를 흔들었다.

"그럼 아기가 여기서 태어나야겠어요? 어두운 곳에선 질식할 것 같고, 밝은 곳에 나가면 얼어 죽을 것 같은 이곳에서요? 문 밖을 내다보면 폐허밖에 보이지 않는 이곳에서요? 짐승 썩는 냄새와 사람 태운 냄새가 진동하는 이곳에서요? 이게 새로 태어날 아기에게 마련해 주고 싶은 세상인가요?"

"아마 유럽 전체를 통틀어 보아도, 새로 태어나는 죄 없는 아기에게 마련해 줄 만한 세상은 그 어디에도 없을 거야. 하지만 여기에선 우리가 무얼 갖고 있는지 알잖아. 머리 위에 지붕도 있고, 할머니 할아버지의 옷으로 가득 찬 옷장도 있고, 화덕과 불을 지필 장작도 있지. 당신, 우리가 다른 사람들과 비교해 볼 때, 믿을 수 없을 정도로 유복하게 지내고 있다는 걸 모르겠어? 당신이 새로 태어날 아기에게 몇 달간 젖만 먹일 수 있다면, 아기는 무조건 살아남을 수 있을 거야."

아빠가 말했다.

"이렇게 말랐는데, 어떻게 젖을 먹일 수 있겠어요? 케르스틴을 낳았을 때도 삼 주 뒤부터 이유식을 먹였잖아요."

엄마가 소리를 질렀다.

"그땐 당신이 젖 먹이는 걸 거부했잖아, 몸매 때문에. 하지만 지금은 죽고 사는 문제가 달려 있어. 당신은 젖을 먹일 수밖에 없다고! 당신은 더 많이 먹어야 해. 그리고 모든 것을 더 긍정적으로 바라봐야 해."

"케른마이어 씨네에 아직 분유가 있어요. 톱이나 도끼를 주면 아마 얼마쯤 줄 거예요."

내가 말했다.

"분유가 무슨 소용이 있어?"

엄마가 물었다.

"나는 희망이 필요해요. 희망 없이는 아기가 살아서 세상에 태어날 수 없어요. 보나메스는 분명히 어느 정도 질서가 잡혀 있을 거예요. 라인 마인 지역처럼 인구 밀도가 높은 곳은 틀림없이 질서가 잡혀 있을 거라고요. 그곳엔 분명히 불가능한 걸 가능하게 만드는 능력 있는 사람들이 있을 거예요. 그래서 하루에 한 사람당 사분의 일 리터의 우유만 준다면, 그리고 일주일에 오백 그램의 빵만 준다면, 사람들은 최소한의 살림살이라도 생각할 수 있을 거예요. 2차 세계대전 직후처럼 말이에요. 어머니 아버지가 우리에게 그 이야기를 얼마나 자주 해 주셨던지, 더 이상 듣고 싶지 않았을 정도였다고요. 아주 웃음밖에 안 나오는 양이라고 해도 그걸 받을 권한이 있었어요. 무슨 의미인지 알겠어요? 그런데 여기는 어때요. 여기엔 어떻게 하면 다른 사람들에게서 무얼 뺏을 수 있을까 호시탐탐 노리는 사람들만 있어요. 이십사 시간 내내 불신만 하며 살아가고 있잖아요!"

"여기만 그런 건 아니야. 살아남은 사람들이 있는 곳이면 어디나 다 그럴 거야."

아빠가 지쳐서 말했다.

"하지만 난 그걸 참을 수 없어요! 그것 때문에 망가지고 있다고요! 아기도 함께요. 클라우스, 보나메스로 돌아가요. 제발, 여기서 죽기 전에!"

엄마가 소리 질렀다.

엄마는 며칠 동안 계속 졸라 댔다. 그리고 그 며칠 동안 아빠는 엄마를 설득하기 위해 새로운 이유들을 대었다. 하지만 엄마는 아빠 말에 더 이상 귀를 기울이지 않았다.

"프랑크푸르트가 사라졌다는 걸 정확히 아는 사람은 아무도 없어요. 우리가 들은 것들은 공식적인 것이 아니에요. 모두 소문일 뿐이라고요. 이런 비참한 때에는 모든 재해가 점점 더 끔찍하게 과장되어 소문나는 거라고요. 어머니 아버지도 지난 전쟁 때 그런 걸 경험하셨대요."

엄마가 말했다.

"이런 재해를 한껏 부풀리기 위해선 상상력만으로는 부족하지."

아빠가 엄마에게 대답했다.

"당신 알기나 해요? 인간은 모든 것을 할 수 있어요!"

엄마가 소리쳤다.

"그건 맞아."

아빠가 한숨을 내쉬었다.

"그러니까 당신, 프랑크푸르트가 아직 남아 있다고 인정하는 거죠?"

"아니, 프랑크푸르트도 인정하지 못하고, 보나메스도 못해."

아빠가 말했다.

"증거를 대 봐요! 그렇게 해야 조용히 있을 거예요."

엄마가 격분하여 소리쳤다.

물론 아빠는 그렇게 할 수 없었다. 아빠가 어떤 말을 해도 엄마가 절대로 받아들이지 않았다. 아빠가 프랑크푸르트 프라운하임에서 온 아저씨를 집으로 데리고 왔다. 아저씨는 친척에게 라드 기름과 감자를 얻으려고 쉬벤보른에 온 사람이었다. 폭탄이 떨어진 뒤, 부인과 함께 휴가지였던 오덴발트에서 프랑크푸르트까지 걸어서 돌아왔다고 했다. 하지만 그 사이 부인은 티푸스에 걸려 죽고 말았단다. 아저씨는 프랑크푸르트가 사라졌다고 알려 주었다. 그것도 완전히 사라졌다고 말이다. 프라운하임도 역시 마찬가지라고 했다. 라인 마인 지역 전체가, 아래로는 다름슈타트에서부터 위로는 마인츠에 이르기까지 재로 뒤덮인 황무지가 되었다고 했다.

엄마는 아저씨가 있는 동안 아무 말도 없었다. 아빠가 아저씨에게 감자 몇 개를 선물했는데, 지나치다 싶을 정도로 고마워했다. 아저씨가 되돌아갈 때 보니, 다리를 절고 있었다. 두 발과 종아리까지 포대 자루를 두르고 있었다. 서른여섯 살이라고 했는데, 늙은 사람처럼 보였다.

아저씨가 떠나자마자, 아빠가 엄마에게 말했다.

"당신은 증인한테 들은 거야."

"난 아무것도 듣지 않았어요!"

엄마가 펄쩍 뛰었다.

"그 사람이 사실을 이야기했다는 걸 어떻게 알지요? 당신, 그 사람 알아요? 당신, 그 사람이 프라운하임에서 왔다는 걸 확신하느냐고요? 그 사람은 당신이 듣고 싶어 하는 걸 이야기한 거예요. 그 사람한테는 감자가 중요했던 거라고요!"

굶주림에 독감이 더해졌다. 독감은 도시 전역을 돌며 멀리 퍼져 나갔다. 건강하고 배를 곯지 않은 사람들은 독감으로 그다지 많은 피해를 입지 않았다. 하지만 반쯤 굶다시피 하던 사람들은 독감으로 불행을 맞이하고 말았다. 다시 죽은 사람들을 화장했다. 그들을 매장하려면 구덩이를 파야 하는데, 땅은 얼어 있었다. 또다시 시체 탄 냄새가 온 도시에 진동했다.

우리가 오랫동안 비밀에 부쳤던 독감에 관한 이야기를 듣자, 엄마는 갑작스런 공포에 빠져들었다.

"아직 아무도 안 돼! 롤란트도 안 되고, 옌스도 안 돼! 그리고 새로 태어날 아기는 절대로 안 돼."

엄마가 탄식했다.

엄마는 두려움 때문에 반쯤 미친 사람 같았다. 물도 마시지 않으려고 했고, 손잡이도 더 이상 만지려고 하지 않았다. 더이상 아무것도 먹으려고 하지 않았다. 엄마는 마냥 떠나고 싶어 했다. 그냥 쉐벤보른을 떠나 독감도 떨쳐 버리고, 위험도 떨쳐 버리고 싶어 했다.

"당신은 우리 모두를 불행으로 몰고 가고 있어. 당신도 함께 말이야."

아빠가 절망적으로 말했다

"아뇨. 당신이 혼란에 빠진 거예요. 당신은 더 이상 제대로 생각하지 못하고 있어요. 나는 우리 모두를 구하고 싶은 거예요. 나와 함께 가면 당신과 아이들이 구원되는 거예요."

엄마가 두 눈 가득 눈물을 글썽이며 말했다.

아빠는 소파로 몸을 던졌다. 그리고는 두 손으로 얼굴을 감쌌다.

10. 보나메스로 가는 길

다음 날 아침, 부엌에 들어갔더니 엄마가 있었다. 엄마는 할머니의 겨울 외투를 입고 몸을 숙여 유모차 안을 이리저리 뒤적거리고 있었다. 엄마는 전에 신었던 낡은 운동화도 신고 있었다. 그리고 식탁 위엔 여행 가방이 활짝 열린 채 놓여 있었다. 부엌 옆에는 짐이 잔뜩 채워진 또 다른 여행 가방이 세워져 있었다. 옌스도 벌써 두껍게 옷을 껴입고 기대에 들떠 폴짝폴짝 뛰고 있었다. 화덕의 불도 꺼져 있었다.

"아빠! 빨리 와 보세요!"

나는 놀라서 소리쳤다.

아빠는 울어서 퉁퉁 부은 눈으로 부엌에 뛰어 들어왔다.

"안 돼! 우리는 여기 있어야 해!"

아빠가 비명을 질렀다.

"그러면 당신은 여기 있어요."

엄마가 조용하게 말했다.

"아이들도 여기 있어야 해!"

"그렇다면 나 혼자서라도 갈 거예요. 뱃속의 아기와 나 혼자 말이에요. 당신, 날 말릴 수 없어요."

엄마는 조롱하는 듯한 웃음을 지으며 말했다.

그랬다. 우리는 엄마를 말릴 수 없었고, 두 시간 뒤 다 함께 길을 떠나게 되었다. 나는 폭탄이 떨어지던 날 입었던 무릎까지 오는 가죽 바지를 입으려고 했다. 하지만 이젠 더 이상 나한테 맞지 않았다. 너무 짧았다. 아빠 바지는 아직 나한테 너무 컸다. 그래서 나는 할아버지 바지에 멜빵을 달아 입었다. 품이 너무 넓었기 때문이었다.

아빠는 여행 가방 두 개와 침낭들을 자전거 뒤에 싣고 끈으로 단단히 동여맸다. 그리고 자전거 짐판엔 미어지도록 짐을 채운 여행 가방 한 개를 싣고 묶었다. 아빠와 나는 감자, 사과, 버섯, 당근 그리고 스웨덴 순무로 가득 채운 배낭을 짊어졌다. 나는 자전거를 끌고 아빠는 유모차를 밀고 갔다. 유모차에는 옌스가 앉아 있었는데, 곧 찡얼거리기 시작했다. 녀석의 다리 위에다 작은 가방 하나를 얹어 놓았기 때문이다. 가방엔 아기 옷이 가득 차 있었다. 엄마가 겨울 내내 할머니가 갖고 있던 천과 실로 바느질하고, 뜨개질해서 만든 옷이었다. 엄마는 서류들과 아직 남은 돈을 넣은 핸드백을 메고 있었다.

"당신, 돈은 왜 가져가려고?"

아빠가 물었다.

"보나메스에 가면 분명히 이걸로 뭐든 다시 시작할 수 있을 거예요."

엄마가 대답했다. 그러자 아빠는 엄마를 그냥 내버려 두었다. 그저 고개만 저을 뿐이었다.

출발할 때 보니, 크라머 아줌마가 입양한 아이와 함께 우리 집 문 앞에 서 있었다. 아빠는 아줌마에게 할아버지 집으로 옮겨 와서 집을 보아 달라고 부탁했다.

"우리가 떠나 있는 동안만입니다. 노숙자들이 여기에 눌러 앉거나 약탈해 가지 않도록 말입니다."

아빠는 몇 번이나 반복해서 강조했다.

크라머 아줌마는 겨울이 다 가도록 막켄호이저 씨네와 한 방에서 살고 있었다. 아줌마는 그 집 식구들과 쉬지 않고 싸웠다. 무엇보다도 입양한 아이 때문이었다. 그러니 지금 우리 집으로 옮겨 올 수 있다는 사실에 아줌마가 좋아서 어쩔 줄 몰라 하는 것은 그리 놀랄 일이 아니었다. 집에는 화덕과 나무도 있었고, 지하실엔 아직 감자와 무도 조금 남아 있었다. 헤어질 때 아줌마는 가슴이 미어지는 것처럼 행동했지만, 기쁜 마음을 감추지 못했다.

"아빠, 왜 나한테 집을 지키라고 하지 않았어요?"

나는 아빠에게 물었다. 힘겹게 폐허 더미를 지나 마침내 란텐으로 향하는 길로 숨을 헐떡이며 올라왔을 때였다.

"나도 곰곰이 생각해 보았는데, 짐 때문에 어려울 것 같았어. 그리고 무슨 일이 닥쳐오든지 우리가 함께 있는 편이 더 나을 것 같았고. 우리는 정말로 우리 말고는 아무도 없으니까."

아빠가 대답했다.

우리가 짐을 들었는데도 엄마보다 더 빨랐다. 엄마는 벌써 몸이 부하게 불어 있었다. 출산 예정일이 겨우 두 달 남아 있었다. 우리 뒤에서 엄마가 숨을 헐떡이며 등성이를 올라오고 있었다.

"이게 웬 미친 짓이냐, 웬 미친 짓이야."

아빠가 엄마에게 들리지 않도록 작은 소리로 신음하며 말했다.

"아빠 우리가 언제쯤 돌아갈 거라고 생각해요?"

나도 아빠와 똑같이 조그만 목소리로 물었다.

"엄마가 곧 돌아가자고 하길 바랄 뿐이다. 이건 엄마 몸으로는 도저히 할 수 없는 일이야. 어쩌면 일주일, 빠르면 오늘 안으로 돌아가자고 할지도 모르지."

하지만 아빠 생각은 빗나가 버렸다. 엄마는 불평 한 마디 없이 계속 걸어갔다. 머리를 숙인 채 깊은 생각에 잠겨 앞만 보고 걸어갔다. 이따금씩 옌스가 유모차에 앉아 있고 싶어 하지 않으면, 엄마는 옌스 손을 잡고 함께 뛰기도 하고, 함께 이야기하기도 했다. 옌스는 엄마의 친한 친구였다. 엄마는 그 애에게 보나메스에 있는 우리 집 이야기를 해 주었다. 또 새로 태어날 아기 이름을 제시카 마르타 혹은 보리스 알프레드라고 부를 거라고도 말해 주었다. 가운데 이름은 할머니와 할아버지의 이름에서 따온 것이었다. 핵폭탄이 떨어지던 날 자동차를 세워 둔 곳을 지나게 되었다. 아직도 전나무가 도로에 비스듬히 쓰러져 있었고, 그 옆으로 차가 눈으로 덮인 채 서 있었다. 게다가 자동차 바퀴도 그대로 달려 있었다. 누가 어디에다 쓰겠다고 힘들여 바퀴를 떼어 냈겠는가. 문들이 얼어서 열리지 않았다.

나는 자동차 뒷좌석 유리창에 코를 들이박고 유리창에 낀 성에에 입김을 불었다. 성에가 녹자 차 안을 들여다볼 수 있었다. 두 아이가 무릎을 바짝 올리고 뒷좌석에 웅크리고 앉아 있는 것이 보였다. 한 아이가 다른 아이의 어깨에 머리를 기댄 채 서로 바싹 달라붙어 있었다. 조그마한 여자아이들이었는데, 내가 아는 아이들이었다. 성 지하실에서 보았던 금발 아이와 항상 그 아이와 같이 다니던 망가진 얼굴의 아이였다. 둘 다 눈을 감고 있었다.

"차 안에서 아이들 2명이 자고 있어요."

나는 아빠에게 속삭였다.

아빠는 놀라서 차 안을 들여다보았다. 그러고는 우울한 표정으로 나를 보았다.

"자고 있는 게 아니라 얼어 죽은 거야."

"차를 타고 가면 조금 더 빨리 갈 수 있지 않을까요? 비티히 뒤쪽에 있는 다음 나무 있는 데까지만이라도……."

우리를 뒤따라온 엄마가 물었다.

"하지만 잉에……."

"알았어요. 그냥 계속 걸어가요, 우리."

엄마가 포기한 듯 한숨을 쉬며 말했다.

옌스도 차 안을 보려고 달려왔다. 하지만 우리는 얼른 그 아이를 유모차에 앉혀 밀고 갔다.

비티히 너머 숲 속으로 난 도로는 꽁꽁 얼어 있었다. 엄마는 두 번이나 미끄러졌지만, 운이 좋았다. 두 번 모두 길 옆에

탑처럼 높이 쌓여 있던 눈더미 속으로 넘어졌다. 란텐 너머에서 우리는 목장 옆에 있는 지붕이 덮인 가축들의 피신처에서 밤을 보냈다.

다음 날 눈이 녹을 정도로 날씨가 풀리자, 우리는 다행이라고 여겨야 할지 어떨지 몰랐다. 그런 날씨는 며칠 간 계속되었다. 2월 보름 동안, 기온이 영상에 머물렀다.

우리는 그런 날씨에 얼어 죽지 않을 정도로 단련되어 있었다. 들에 있는 지붕 없는 곡물 창고와 눅눅한 침낭 속에서 잠을 잘 때도 많았고, 새기 시작한 지 오래 된 신발을 신고 눈과 진창 속을 걸어 다니기도 했다. 우리 자신도 그렇게 잘 견뎌내는 것을 보고 놀랐다. 반 년 전만 해도, 이런 도보 여행이었다면 폐렴이나 늑막염, 기침 콧물 감기에 걸렸거나 감기로 인한 방광염에서 헤어 나오지 못했을 것이다. 옌스조차 단 한 번도 병이 나지 않았다.

단지 유모차 때문에 어려움을 좀 겪었을 뿐이었다. 우리는 주변 마을에서 무리 지어 몰려 나온 사람들이 파헤쳐 놓은 쓰레기 더미에서 고장난 유모차 바퀴를 대신할 다른 바퀴를 찾아 내느라 꼬박 하루를 보내야 했다.

우리는 아주 천천히 앞으로 나아갔다. 예전에 엄마는 도보 여행이라면 굉장했는데, 이제는 빨리 걸을 수 없었다. 새로 태어날 아기 때문에 몸이 너무 무거웠다. 그런데도 엄마는 아빠와 내가 그토록 듣고 싶어했던 말, '더 이상 못 가겠어요. 되돌아가요.'라는 말은 절대로 하지 않았다.

아빠는 호엔포겔스베르크로 넘어가는 길을 택했다. 아빠는 그곳으로 가면 어느 정도 걸어갈 만한 길과 밤을 보낼 숙소, 그리고 우유 한 컵이나 단 몇 방울의 기름기라도 뜬 수프를 내어 줄 친절한 농가가 있을 거라고 기대했다. 하지만 우리는 곧 남에게 선뜻 호의를 베풀 만한 사람을 만나지 못할 거라는 사실을 알게 되었다. 쉐벤보른을 떠난 뒤부터 우리는 낯선 사람이었고, 노숙자였으며, 온 나라를 떠도는 거지 가운데 한 무리일 뿐이었다. 우리가 어떤 집에 다가가면 문이 닫히고 난 뒤 개가 짖기 시작했고, 직접 손으로 쓴 '구걸해 봐야 소용 없음! 우리도 가진 것이 없음!'이라는 글귀가 눈에 들어왔다.

몇몇 시골 동네에는 철조망 울타리가 쳐져 있었고, 입구엔 감시원이 서 있었다.

"썩 물러서!"

감시원은 멀리 떨어진 곳에서부터 소리쳤다.

"여기엔 아무도 들어오지 못해. 당신네들이 티푸스와 이질을 끌고 들어와 마을 사람들의 삼분의 일이 대가를 치렀단 말이야. 우리는 더 이상 어떤 전염병에도 걸리고 싶지 않아. 억지로 들어오려고 하는 자는 누구든지 죽여 버리겠어. 전염병일랑 다른 곳으로, 그걸 갖고 싶어 하는 사람들이 있는 곳으로 가져가. 우리한텐 필요 없어!"

"어쩌면 저 사람들이 옳을지도 몰라. 우리 불행은 지금 우리가 울타리 밖에 서 있는 사람들에 속한다는 거야."

아빠는 말했다.

우리가 그렇게 비참한 처지만 아니었다면 자동차라곤 없는, 정말 아름다운 도보 여행이 되었을 것이다. 아주 가끔씩 우리는 마차나 우마차, 혹은 자전거를 탄 사람들을 만났다. 그러나 그들은 더 이상 우리에게 인사를 건네지 않았다. 우리는 그들의 불행한 모습에 우울했다.

파괴된 계곡 지역에서 온 배고픈 사람들이 배를 채우기 위해 산속으로 들어갔다. 집 없는 사람들은 방 한 칸 혹은 건초 헛간의 한 자리를 구걸했다. 아이들은 혹시 우리가 자기 부모를 만나지는 않았는지 묻곤 했다. 길거리엔 병자들, 반쯤 죽어 가는 사람들, 완전히 죽은 사람들이 누워 있었다. 우리는 뼈가 앙상하게 드러날 정도로 바싹 마른 사람, 불구자, 미친 사람, 벙어리, 장님 등을 계속해서 보았고, 끔찍한 화상을 입은 머리카락이 없는 사람들도 많이 보았다. 그 사람들은 우리

앞쪽에서 와 우리와 엇갈려 지나갔다. 그 사람들이 우리를 추월하여 지나가거나 우리가 그들을 추월했다. 우리는 그 사람들에게 이것저것 캐물었고, 그들도 마찬가지였다. 마치 아직 목숨이 붙어 있는 사람들은 모두 집 밖으로 나와 독일 전역을 정처 없이 떠돌아다니는 것처럼 여겨질 정도였다. 그런가 하면 네덜란드 사람, 체첸 사람, 벨기에 사람 그리고 프랑스 사람들도 만났다.

어떤 사람들은 아직도 전쟁이 계속되고 있는지 알고 싶어 했다. 그러나 전선도 없었고 군인도 만나지 못했다. 어떤 사람들은 전쟁이 끝난 지 오래되었다고 이야기하기도 했다. 또 전쟁은 애당초 일어나지도 않았다고, 모든 것은 다 오해였을 뿐이라고 말하는 사람들도 있었다.

하지만 아빠는 이 말들을 믿지 않았다.

우리는 석고상을 등에 짊어지고 가는 할머니나 서핑 보드를 갖고 가는 젊은 남자처럼 전혀 말도 안 되는 물건들을 끌고 다니는 사람들도 만났다. 유화, 텔레비전 그리고 업소용 계산기 같은 물건들도 몇십 리나 끌려오곤 했는데, 대부분은 물물교환을 할 것들이었다. 그중엔 기념품으로 간직할 만한 것들이나 새 생활을 위한 밑거름이 될만한 가치를 지닌 것들도 있었다. 그리고 우리는 온 가슴에 훈장을 매단 사람도 보았다. 재킷 속에는 셔츠도 입지 않았고, 배고픔 때문에 제대로 걷지도 못했다.

그 사람들은 대부분 우리 맞은편에서 왔다. 베터라우, 스페싸르트에서 온 사람들, 알스펠트와 마르부르크 주변 지역에서 온 사람들, 심지어 아쉬아펜부르크 지역에서 온 사람들도 있었다. 모두들 굶주림과 전염병, 그리고 프랑크푸르트를 둘러싼 지역과 프랑크푸르트 구름의 영향을 한꺼번에 받은 킨치탈에서 발생한 원자병에 관해 이야기했다. 킨치탈에선 살아남은 사람이 거의 없다고 했다.

"그러면 프랑크푸르트는요?"

엄마가 물었다.

"없어요. 비스바덴도, 뤼쎌스하임도, 획스트도, 하나우도, 그리고 오펜바흐도 다 없어졌어요. 지평선 끝까지 폐허 더미와 재만 있을 뿐입니다. 그 외엔 아무것도 없어요."

"그걸 직접 눈으로 보셨나요?"

엄마가 다시 물었다.

"제 눈으로 직접요? 아서요, 몸조심해야지요. 그 지역은 완전히 오염되었는걸요. 원해서 들어가는 사람은 한 사람도 없어요. 그렇지만 누구나 라인 마인 지역이 죽었다는 건 알지요. 거기엔 바퀴벌레 한 마리 얼씬거리지 않는다니까요."

"봤지요? 모두들 주장만 하지, 정확하게 아는 사람은 한 사람도 없어요."

나중에 엄마가 아빠에게 말했다.

하루에 세 번 정도 그런 식의 대화가 오갔다. 그리고 엄마는 지치지 않고 마주 오는 모든 사람들에게 어디서 왔는지 물어 보았다.

프리트베르크에서 온 아저씨는 엄마의 고집에 화가 나서 말했다

"프랑크푸르트를 보고 싶다면, 죽은 사람밖에 볼 게 없을 겁니다. 프리트베르크도 남아 있는 게 거의 없는걸요. 프랑크푸르트에서 거의 30킬로미터나 떨어진 곳인데도 말입니다."

그러자 엄마는 말없이 발걸음을 내딛는 것조차 힘들어 했다. 그러나 다음 날 아침이 되자 엄마는 들었던 모든 것을 다 떨쳐 버리고 프랑크푸르트 보나메스를 향하여 힘 닿는 대로 빨리 걸어갔다.

"여태까지 보나메스에서 온 사람은 한 사람도 만나지 못했다는 게 가장 좋은 증거예요. 보나메스가 결딴났다면 보나메스 사람들 역시 이곳을 떠돌아다녀야 마땅하다고요!"

엄마가 말했다.

"풀다를 생각해 봐."

아빠가 지쳐서 말했다.

"핵폭탄이 떨어지던 날, 풀다에 있던 사람들 중에 쉐벤보른으로 온 사람은 단 한 사람뿐이었잖아?"

이 말에 대해 엄마는 대꾸할 말을 잃었다.

그 모든 것에도 불구하고, 아빠가 호엔포겔스베르크로 길을 잡은 것은 잘한 일이었다. 아직 개들이 잡아먹히지 않았고, 유리창도 깨지지 않고 말짱했다. 주변엔 쓰레기 더미도 거의 쌓여 있지 않았으며, 쓰러진 나무들 때문에 막혀 버린 도로도 없었다. 심지어 외딴 시골 마을 몇 군데는 티푸스도 유행하지 않았다. 가끔씩 집 앞을 지나가는 불쌍한 사람들을 무심하게 지나쳐 보내지 않는 농부를 만날 때도 있었다.

베터라우로 오는 데 18일이나 걸렸다. 더 짧은 시간 안에 이 구간을 지나올 수도 있었다. 하지만 아빠는 엄마에게 억지로라도 자주 쉬게 했고, 일찍 잠자리에 들도록 했다. 아침이 되어도 엄마가 일어날 때까지 깨우지 않았다.

"엄마 몸이 약해지면 안 돼. 저기 아래에 가면 엄마는 지금보다 더 힘이 들 거야. 그리고 그 다음엔 왔던 길을 되돌아가야겠지."

아빠가 나에게 말했다.

우리는 세 번은 가축들 피난처에서 잤고, 여덟 번은 농가의 헛간에서 잠을 청했다. 그리고 한 번은 어떤 돌아가신 의사 선생님 부인이 난방 시설까지 갖춘 방을 우리에게 내어 준 적도 있었다. 다섯 번은 노숙자 숙소에서, 그리고 한 번은 숲 속에 있는 그릴 파티용 오두막에서 밤을 보냈다. 그리고 난 뒤 우리는 베터라우에 왔다. 우리는 가지고 온 저장 식품들을 아껴 먹으며 버텼다. 배낭이 축 늘어져 갔지만, 완전히 바닥나지는 않았다. 가끔 우리는 농부들의 식탁에서 수프를 얻어먹기도 했다. 한번은 작고 외따로 떨어진 곳에서 한 부인이 직접 구운 빵을 우리에게 선물한 적이 있었다. 롤빵 두 개를 합친 것보다 크지 않았는데, 우리는 그것을 천천히 맛보며 먹었다. 잘게 조각을 내어 먹으며 엄숙한 마음으로 씹었다. 그 빵 맛은 얼마나 옛날 생각이 나게 했는지…….

쓰레기 더미 근처에 있는 겨울 호밀을 심은 들을 지나가게 되었다. 가을에, 그러니까 폭탄이 떨어지고 난 뒤에 씨를 뿌린 것이었다. 처음에 우리는 눈을 의심했다. 녹고 있는 눈 속에 자그맣고 파란 싹이라니, 온 들판을 가득 채운 파란 새싹이라니! 우리에겐 그것이 꼭 신기루처럼 느껴졌다.

"모든 것이 황폐해졌는데도 해야 할 일을 해 놓았구나. 믿기 힘든 일이야."

아빠가 말했다.

우리는 오랫동안 들판에 서 있었다.

"이래서 사람들이 다시 희망을 갖게 되는 거란다."

엄마가 말했다.

베터라우에 들어서자, 행운의 여신이 우리 곁을 떠나 버렸다. 가면 갈수록, 마을은 점점 더 황폐한 모습을 띠었다. 사람이라곤 거의 찾아볼 수 없었고, 거리를 따라 반쯤 부패한 시체와 뼈가 다 드러난 짐승들이 줄지어 있었다. 온통 폐허뿐인 프리트베르크로 향해 가는데, 폭설이 내리기 시작했다. 거리가 사라졌다. 제설 차량도 없었다. 우리는 이정표와 거리 표지판을 푯대 삼아 따라갔다. 폭발 뒤에 일었던 압력의 파장에도 쓰러지지 않은 이정표와 거리 표지판들이 여기저기 외롭게 비죽비죽 솟아 있었다.

"보나메스요? 아서요, 아서. 거긴 이제 아무것도 없어요."

비틀거리며 우리 곁을 지나가던 한 여자가 놀라서 말했다.

"당신, 그래도 계속 갈 거야?"

눈보라 때문에 눈 밑까지 둘둘 말고 있는 엄마에게 아빠가 물었다.

"그럼요. 내 눈으로 직접 보고야 말 거예요."

엄마가 말했다.

아빠는 카셀–프랑크푸르트 구간 고속 도로, 아니 고속 도로였던 곳 가운데 남아 있는 곳으로 우리를 데리고 갔다. 아스팔트 덮개 층은 펑 하고 터진 것처럼 찢어져 있었고, 도로 표면은 울퉁불퉁한 곳이 많았다. 프랑크푸르트 방향으로 가면 갈수록, 도로 표면은 더욱 물결치고 있었다. 마치 도로가 녹아 버린 것처럼 보였다. 그럼에도 불구하고 그것은 안전한 편이었다. 도로의 지반이 곧게 뻗어 있어 걸을 수 있게 해 주었고, 심한 눈보라 속에서도 방향을 잃지 않게 보호해 주었다.

우리는 반쯤 부서진 고속 도로변 화장실에서 서로 몸을 바싹 붙인 채 잠을 청했다. 화장실은 옛날에 주차장이었던 곳에 있었는데, 화장실 위엔 나무들이 꺾인 채 쓰러져 있었다. 옌스와 엄마는 깊은 잠에 빠져 조용히 숨을 쉬고 있었지만, 아빠는 신음하며 잠을 잤다. 그러고는 날이 밝기도 전에 벌써 깨어났다. 그날 밤에는 나도 잠을 조금밖에 자지 못했다. 자전거가 망가졌기 때문이다. 이제 짐들을 어떻게 날라야 할지 걱정이 되었다. 게다가 보나메스에 대한 생각이 내 머릿속을 어지럽혔다. 엄마가 믿고 있는 걸 그대로 믿고 싶었다. 하지만 나는 결국 아빠가 옳았다는 것이 입증되리란 걸 알았다.

다음 날 아침, 반쯤 뻣뻣하게 굳은 몸으로 햇빛에 기어 나왔을 때였다. 쾌청한 하늘 아래 사방으로, 아무도 밟지 않은 설경이 우리 앞에 눈이 아릴 정도로 하얗게 펼쳐져 있었다. 막 해가 떠오른 뒤였다. 눈이 높이 쌓여 있었다. 우리는 눈 속을 헤집고 가야 했다. 엄마는 옌스와 나에게 농담까지 할 정도로 기분이 최고로 좋은 상태였다. 하지만 아빠는 아무 말 없이 유모차를 밀었고, 말을 건네기조차 어려웠다.

남쪽으로 가는 길에 우리는 단 한 사람도 만나지 못했다. 우리밖에 없었다. 바트 홈부르크로 가는 분기점에 도착했다. 엄마가 서둘러 발걸음을 재촉했다. 아빠는 말없이 엄마 뒤에서 유모차를 밀고 갔다. 나는 엄마 아빠를 따라가기 위해 애를 썼다. 자전거 없이 많은 짐을 싣고 트레일러를 밀고 끄는 일은 무척 힘이 들었다.

"이제 곧 보나메스가 보일 거야."

엄마는 소리치면서 남쪽으로 보이는 눈 덮인 황야를 살펴보았다. 그곳은 나무 한 그루조차 서 있지 않아 무척 단조로워 보였고, 약간씩 여울져 있었다. 단지 먼 곳에서 어두운 띠 하나가 보일락 말락 여린 빛을 발하고 있었다. 마인 강이었다. 여기엔 추락 방지용 벽도, 이정표도 없었다. 하지만 아빠는 이 구간을 잘 알고 있었다. 몇 년 동안 우리는 바트 홈부르크에서 살았다. 아빠는 날마다 고속 도로를 타고 프랑크푸르트로 출퇴근을 했다. 아빠가 킬로미터 표시 말뚝을 찾아보았다. 눈으로 덮인 울퉁불퉁한 곳을 여기저기 뒤적거리던 아빠가 보나메스로 빠지는 출구 표시를 찾아 냈다. 우리는 그 길을 따라 죽 걸어갔다. 보나메스는 고속 도로 옆에 있었다. 먼 곳에서도 늘 고층 건물들이 보였다. 우리는 고속 도로에서 벗어나 조심스럽게 들판을 가로질러 걸어갔다.

"오늘은 정말로 날씨가 희끄무레하네."

엄마가 말했다.

희끄무레한 연기 같은 것은 보이지 않았다. 멀리 타우누스와 포겔스베르크까지, 오덴발트 초입의 언덕들까지 다 보였다. 언덕에 오르자, 아빠가 멈추어 섰다. 아빠가 발로 눈을 쓸자 파편 쓰레기들이 드러났다.

"여기가 보나메스야."

아빠가 말했다.

나는 엄마의 눈을 결코 잊지 못할 것이다. 엄마는 손을 들었다가 다시 떨어뜨렸다. 잠시 후, 엄마가 말했다.

"돌아가요, 우리……."

11. 비정한 사람들

집으로 돌아오는 길은 고통 그 자체였다. 엄마는 한 발짝도 더 나아가지 못했다. 우리가 보기에 엄마는 더 이상 걷고 싶어하지 않는 것처럼 보였다. 엄마는 반복하여 멈추어 서서는, 배를 만지며 중얼거렸다.

"아기가 정말로 발길질이 세차네."

포겔스베르크에 있는 마을들에도 독감이 돌고 있었다. 곳곳에서 공동 묘지로 향하는 행렬이 보였다. 많은 마을들에 철조망이 둘러져 있었다. 단 한 군데서도 수프를 얻어먹을 수 없었다. 살을 에는 듯한 3월 추위에 따뜻하게 밤을 지샐 마구간조차 찾을 수 없었다.

내 배낭은 텅 빈 것이나 다름없었다. 벌써 며칠 전부터 우리는 사과 조각과 버섯 말린 것만 씹어 먹었다. 감자와 당근은 이미 오래 전에 다 먹어 버렸다. 남아 있는 것이라곤 시든 스웨덴 순무 한 덩어리뿐이었다. 목이 마르면, 우리는 부르튼 입술로 눈을 핥아 먹었다. 계속해서 목이 말랐다.

아빠가 개 한 마리를 때려잡았다. 뭘 좀 얻어먹으려고 우리 다리로 기어오른 굶주린 개였다. 아빠는 개를 삶거나 구우려고 했지만, 불을 얻을 곳이 없었다. 며칠 동안 나는 뻣뻣하게 언 개를 배낭에 넣고 다녔다. 마침내 우리는 불을 지피고 개를 구워 먹었다.

개를 손질하던 아빠가 구역질을 하기 시작했다. 아빠는 여태까지 한 번도 그런 일을 해 본 적이 없었다. 옌스와 나도 역시 먹은 것을 모조리 토해 버렸다. 우리 위장은 그렇게 기름진 식사를 소화해 내지 못했다. 우리는 테리어종 개고기, 그 질긴 날고기 절반으로 며칠을 더 날 수 있었다. 하지만 난 개고기만 보면 구역질부터 났다. 엄마만 거부감을 나타내지 않았다. 엄마는 어차피 많이 먹지도 않았다. 엄마는 깊은 생각에 잠긴 채, 질긴 고깃덩어리를 씹어서 연하게 만들어 먹었다.

우연히 겨울 호밀 싹이 있던 들을 다시 지나가게 되었다.

처음에 우리는 다른 들일 거라고 생각했다. 우리가 보고 있는 것을 믿고 싶지 않기 때문이었다. 하지만 나는 라인 강변에 있었던 자작나무 세 그루를 정확히 기억하고 있었다. 그것은 지난번에 보았던 들판이었다! 쌓여 있는 눈 사이로 싹이 드러나 있었다.

싹은 누렇게 변해 있었다. 이곳저곳에 벌써 갈색이 된 것들도 있었다.

"올해엔 겨울 호밀을 수확하지 못하겠는걸."

아빠가 침울한 목소리로 중얼거렸다.

우리는 목장에 있는 마구간에서만 잠을 잤다. 이따금씩 아빠는 우리가 묵을 자리를 마련하기 위해 몸싸움을 벌일 때도 있었다. 이미 다른 노숙자들이 자리를 잡고 있었기 때문이었다. 우리 몸엔 이와 벼룩이 생겼고, 아빠는 엄지발가락 두 개에 동상이 걸렸다. 가장 운이 나빴던 일은 자전거 트레일러가 더 이상 고쳐 볼 수도 없을 정도로 산산조각이 나 버린 것이었다.

헤르프슈타인을 지나자, 엄마 몸에서 열이 나기 시작했다. 곧이어 옌스도 열이 났다. 독감이 우리를 따라잡은 것이다. 우리는 곡물 창고에서 일주일이 넘게 머물렀다. 그곳엔 아직 작년에 거두어들인 건초 한 무더기가 있었다. 푹신하게 누울 정도로 충분한 양이었다. 우리는 열이 펄펄 오르고, 점점 더 허약해지며, 무감각해지는 옌스를 손도 써 보지 못하고 그냥 보고만 있어야 했다. 아빠는 뜨거운 차라도 구해 보려고 근처 마을에 가 보았지만, 사람들은 아빠를 들여보내지 않았다. 아빠가 병자한테서 왔다는 이야기를 듣자 절대로 들여보내지 않은 것이다.

나는 나흘 밤을 뜬눈으로 지샜다. 엄마가 너무도 큰 소리로 숨을 헐떡였기 때문이었다. 이따금 엄마가 몇 마디 중얼거렸지만, 대부분은 알아들을 수 없었다. 나는 엄마의 손을 잡았다. 불이 붙은 것처럼 뜨거웠다. 불안이 내 목을 조였다. 나는 엄마 옆을 더듬거려 옌스의 얼굴을 찾아 부드럽게 어루만졌다. 옌스는 꼼짝하지 않았다. 몸이 얼음처럼 차가웠다. 아빠가 깨어 있었는지 부스럭거리는 소리가 났다.

"아빠, 옌스가 뜨겁지 않아요. 이젠 열이 내렸어요."

나는 안심하여 아빠에게 속삭였다.

"그래, 그 앤 이제 열이 없단다. 죽었으니까."

아빠가 갈라진 목소리로 말했다.

다음 날 아침, 우리는 창고 뒤에 있는 라일락 숲 아래에 옌스를 눕혔다. 옌스는 곧바로 뻣뻣하게 얼어 버렸다. 나는 몇 번이나 나가서 옌스를 살펴보았다. 그제서야 케르스틴보다 그 애를 더 사랑했다는 생각이 들었다. 케르스틴은 이미 떠난 지 너무 오래 되었고, 또 너무 먼 곳으로 떠나가 버렸다. 나는 벌써 오래 전에 옌스가 친동생이 아니라는 사실을 기억 속에서 지워 버렸다.

우리는 옌스를 어떻게 묻어야 할지 몰랐다. 땅은 꽝꽝 얼어 있었다. 결국 우리는 땅바닥에 얼어붙어 있는 돌멩이들을 떼어 냈다. 안드레아스를 묻었던 것이 다시 기억났다. 단 몇 주일 전 일이었는데도 끝없이 오래 전 일인 것같이 여겨졌다. 죽은 사람을 묻는 것, 계속해서 죽은 사람을 묻는 것이 살아 남은 사람들이 해야 하는 일이었다. 그날 아침, 나는 내가 살아남은 사람들에 속하지 않기를 빌었다. 나는 옌스가 누리고 있는 고요함이 부러웠다.

천천히, 아주 천천히 옌스 위로 돌무더기가 솟아올랐다. 포겔스베르크에 아직 까마귀가 있다면, 그 녀석들은 사랑하는 꼬마 옌스를 손아귀에 넣지 못할 것이다.

엄마는 독감을 이겨 냈다. 아빠가 한껏 조심스럽게 옌스의 죽음을 알려 주자, 엄마는 그냥 고개만 끄덕였다. 엄마는 한 번도 울지 않았다. 아빠가 절망적인 눈길로 나를 바라보았다.

얼마 뒤에 아빠가 나에게 말했다.

"어쩌면 그렇게 하는 것이 더 나을 지도 모르지."

다시 길을 가는 동안, 우리는 서로 거의 말을 하지 않았다. 각자 깊은 생각에 잠겨 앞만 보고 걸었다. 우리 머릿속에서 오가는 생각들은 더 이상 분명하지 않았다. 우리는 모두 지칠 대로 지쳐 있었다.

아빠가 앞장 서 걸었다. 아빠는 내 여행 가방과 침낭들까지 유모차에 실었다. 엄마가 아빠 뒤에서 몸을 끌다시피 하며 따라갔다. 엄마는 아빠에게 이끌려 가고 싶어 하지 않았다. 나는 배낭과 여행 가방을 멘 채 엄마 뒤를 쫓아갔다.

그렇게 우리는 3월 말까지 계속 느릿느릿 무거운 발걸음을 옮겼다. 매일 몇 킬로미터밖에 안 되는 어처구니없는 거리를 나아갔다. 어지간한 잠자리가 있으면, 그냥 누워 버린 날들도 많았다.

란텐을 얼마 앞두고 엄마가 쓰러졌다. 아빠는 유모차에 실었던 커다란 여행 가방 두 개를 눈 속에 던지고, 아기 용품이 들어 있는 작은 가방을 나에게 주었다. 그리고는 엄마를 침낭으로 싸서 유모차에 펼쳐 놓은 또다른 침낭 위에 눕혔다. 여행 가방은 놓고 갈 수밖에 없었다.

196

비티히를 앞두고 첫 번째 진통이 시작되었다. 엄마가 그 사실을 말하자, 아빠가 달리기 시작했다. 우리는 유모차를 교대로 밀면서 눈보라 속을 달렸다. 유모차 속으로 눈이 소용돌이쳐 들어왔다. 추위에 떠는 엄마를 위해, 아빠는 유모차 손잡이의 버팀대 사이로 나와 있는 엄마의 두 다리를 옌스의 이불로 감싸 주었다. 그리고 떨어지는 눈송이를 피하기 위해 내 빈 배낭을 엄마의 머리에 씌웠다. 배는 아기 이불로 덮어 주었다.

"안 돼요. 그 이불은 안 돼요. 그게 젖으면 무엇으로 아기를 덮어 줘요?"

엄마가 울음 섞인 목소리로 말했다. 그러자 아빠는 속에 입고 있던 할아버지의 셔츠를 벗어서 엄마의 몸에 펼쳐 주었다. 아빠는 굉장히 추워 보였다.

아빠는 비티히에서 밤을 지낼 곳을 정하려고 했다. 아빠는 집집마다 문과 막혀 있는 창문을 두들겼다.

"만삭인 여자가 있습니다! 벌써 첫 번째 진통이 시작되었어요. 대체 여러분의 기독교 정신은 어디에 있는 겁니까?"

아빠가 소리치며 절규했다. 그러나 아무런 움직임도 없었다. 아빠는 분노로 격하게 울부짖었다.

우리는 계속 유모차를 밀고 갔다. 비티히 숲을 빠져 나오자 다행히 내리막길이 죽 이어졌다. 아빠는 나를 앞서 달려가게

했다.

"크라머 부인한테 가서 물을 끓여야 한다고 말해라. 그리고 부엌도 따뜻하게 하고, 부엌에 매트리스를 깔아 놓아야 한다고 해. 가방은 거기에 놔 두고 다시 아빠한테로 돌아와. 될수 있는 대로 빨리. 유모차가 폐허 더미를 넘어가는 걸 도와 줘야 하니까!"

아빠가 내 뒤에 대고 소리 질렀다.

나는 달렸다. 정말 오랜만에 달렸다. 몇 주일이나 갈아입지 않은 옷이 젖어서 살갗을 문질러 쓰리고 아팠다. 발걸음을 뗄 때마다 가방이 발에 부딪혔다. 나는 쉐벤보른으로 들어섰다. 벌써 저녁이 되었다. 도시, 아니 거기에 아직 남아 있는 것들이 죽은 듯이 웅크리고 있었다. 화덕 구멍에서 나오는 흐린 불빛이 희미하게 깜박이는 게 몇몇 틈새로 보일 뿐이었다. 나는 파편 더미로 이루어진 산 위로 기어올라갔다. 지나가면서 보니, 숯처럼 시커먼 벽만 남은 병원이 없어진 것과 케른마이어 씨네 모퉁이 집이 지붕 뼈대만 남고 다 타 버린 것이 눈에 띄었다. 우리가 살던 골목으로 뛰어들어 와 할아버지 집에 도착했을 때, 나는 집이 별다른 피해를 당하지 않고 아직 그대로 있어서 크게 마음이 놓였다. 나는 주먹으로 문을 두드렸다.

신발 끄는 소리가 들리더니 빠끔히 문이 열렸다. 크라머 아줌마가 미심쩍은 얼굴로 서 있었다.

"썩 꺼져. 여긴 아무것도 없어."

아줌마가 말했다.

"아줌마, 저예요. 롤란트라고요! 절 모르시겠어요? 저희가 돌아왔어요!"

나는 소리쳤다.

"뭐, 네가?"

아줌마는 넋이 나간 표정으로 물었다. 아줌마는 무척 놀란 듯했다.

"하지만 너희 식구들은 오래전에……."

아줌마는 더 이상 말을 잇지 못했다.

"누구시오?"

집 안에서 그렁거리는 남자 목소리가 들렸다.

"상상이 되요, 칼? 베네비츠 씨네가 다시 돌아왔어요!"

아줌마가 소리쳤다.

아줌마는 계속 손잡이를 붙들고 있었다. 집 안으로 들어오라는 말 한 마디 없었다. 부엌에서 어떤 남자가 등을 구부정하게 구부리고 신발을 질질 끌며 나왔다. 모르는 사람이었다. 그 사람은 할아버지의 바둑판무늬 조끼를 입고 있었다.

"말도 꺼내지 마라."

내가 쳐다보자 그 사람이 말했다.

"너희는 다른 곳으로 떠났어. 그걸로 얘긴 끝난 거야! 너희 가족은 어딘가에 더 잘 지낼 곳이 있을 거라고 생각했잖아."

나는 그 사람 뒤에 서 있는 크라머 아줌마 쪽으로 몸을 돌렸다.

"우리 아빠가 아줌마하고 약속했잖아요! 우리가 곧 돌아올 거라고요. 아줌마는 그냥 그때까지만……."

"그 일에 관해서 나는 아는 바 없다."

크라머 아줌마는 그렇게 말하고는 자기 뒤에서 호기심에 가득 찬 얼굴로 밖을 내다보고 있던 작은 여자아이를 뒤로 밀었다.

"그런 약속 같은 건 기억이 안 나네. 너희 아빠는 나한테 그냥 집을 넘겨주면서 '이제부터는 이 집에서 살아도 됩니다.' 라고 말했을 뿐이야."

"그런 법이 어딨어요? 그때 나도 함께 있었어요! 그리고 여긴 우리 할아버지 집이에요. 할아버진 돌아가셨고요. 그러니까 이제 이 집은 우리 거라고요!"

나는 소리를 질렀다.

"아이고, 세상에! 이 녀석 말하는 것 좀 들어 봐. 애가 이제

법을 들고 나오네. 그런 시대는 지나갔어. 너희 가족은 아직도 모르는가 보지? 누구든 필요한 것을 손에 넣으면 죽기 아니면 살기로 지켜야 하는 시대야. 이 집을 내놓느니 차라리 불을 질러 버리겠어. 엄마 아빠한테 가서 전해. 왜냐하면 말이지, 그건 우리한테는 죽음일 테니까. 문 닫아, 마리! 눈 들어와."

늙은 남자가 말했다.

나는 문과 문지방 사이에 발을 밀어 넣었다.

"하지만 엄마가 아기를 낳는다고요!"

나는 소리를 질러 댔다.

"발 치워!"

크라머 아줌마가 신경질적으로 소리쳤다.

나는 발을 뺐다. 찰칵 하고 문이 닫혔다.

나는 이웃에 있는 몇 집도 문을 두들겨 보았다. 대부분의 집들이 처음엔 문도 열어 주지 않았다. 내가 이름을 말하기도 전에 문을 다시 닫아 버리는 집들도 있었다. 할머니 한 사람만 빠끔히 연 문틈 사이에 대고 우물거리며 말했다.

"우리도 한방에서 12명이나 살고 있어. 하지만 불이 필요하면 불씨 정도는 줄 수 있단다."

할머니는 한 번도 본 적이 없는 얼굴이었다. 풀다 근처에서 온 노숙자 가운데 한 명이 틀림없었다.

나는 가방을 들고 어스름 속에 서서 막막한 마음에 울음을 터뜨리고 말았다. 갑자기 성이 떠올랐다. 나는 슐로쓰파크로 달려갔다. 벌거벗은 그루터기가 뽀얗게 재를 뒤집어쓴 채 높은 나무들 사이에 남아 있었다. 나는 옥외 계단 앞에 짐을 내려놓고 성안에 있는 방들을 이방 저방 살펴보았다. 지난 여름에 나온 오물들이 아직도 바닥에 들러붙어 있었다. 열려 있는 커다란 창으로 눈이 들이쳤다. 눈보라가 텅 빈 홀과 고급 나무 장식이 있는 계단을 돌아다니며 울부짖는 소리를 냈다. 안 돼……. 여기에다 엄마를 눕힐 수는 없어……. 바깥의 눈더미에 자리를 마련하는 거나 다름없는 노릇이었다. 나는 조심스럽게 계단을 더듬거리며 지하실로 내려갔다. 그곳은 무척 캄캄했다. 하지만 바람은 거의 새어 들어오지 않았다. 눈도 들이치지 않았고, 피부로 느낄 정도로 바깥이나 위보다 따뜻했다. 나는 구석진 곳을 더듬어 보았다. 예전에 죽은 세 아이들이 벽에 기대어 앉아 서로 껴안고 쓰다듬어 주던 곳이었다. 이제 그 아이들은 없었다. 나는 옥외 계단에서 짐을 가져와 지하실에 들여놓았다. 그런 다음 엄마 아빠에게 달려갔다.

12. 삶과 죽음 사이

아기는 밤에 태어났다. 우리가 살던 골목을 이리저리 뛰어다니며, 불씨를 주겠다고 한 할머니를 찾으려고 필사적으로 애를 쓰고 있을 때 아기는 세상에 태어났다.

하지만 나는 그 집이 생각나지 않았다. 그런 데다가 그 사이 밤이 되었다. 한 사람도 문을 열어 주지 않았다. 누구나 낯선 사람을 두려워했다. 순전히 배고픔 때문에 더 이상 무서울 것도 없고, 살인도 마다하지 않는 낯선 사람을 말이다.

더듬거리며 어두운 지하실로 다시 돌아왔을 땐 이미 어린 동생의 탯줄을 자른 뒤였다.

"여자아이란다, 롤란트. 제시카 마르타라고 불러요. 그렇게 할 거죠?"

엄마가 말했다.

"그래, 당신 좋을 대로 해."

아빠가 대답했다.

아빠는 나를 한 번 더 내보냈다.

"유모차에 깔았던 매트리스를 엄마한테 깔아 주었어. 그런데 피가 잔뜩 묻어 아기에게 깔아 줄 수 없구나. 헛간에 건초가 있는지 살펴보고 와."

아빠가 말했다.

나는 헛간으로 달려가서 어둠 속을 더듬거렸다. 성의 헛간은 잘 알고 있었다. 건초는 찾지 못했다. 유디트 누나와 엄마가 성에 있던 아이들을 위해 건초란 건초는 모두 써 버린 것이다. 그 대신에 나는 커다란 상자 한 개를 발견했는데, 흔들면 안에서 부스럭거리는 소리가 났다. 상자 속을 더듬거려 보니, 얇은 스티로폼 조각들이 잡혔다. 그걸로 갓난아이에게 어느 정도 부드럽고 건조한 잠자리를 마련해 줄 수 있을 거라는 생각에 나는 상자를 들고 지하실로 돌아왔다.

그러나 엄마는 아기를 그 조각들 속에 눕히는 걸 원하지 않았다.

"거기선 얼어 죽어요. 아기를 살리려면 아주 따뜻하게 해 줘야 해요."

엄마가 힘없이 속삭였다. 그러자 아빠는 태어난 그대로 씻기지도 못한 아기를 오리털 베개로 감싸더니 내 팔에 안겨 주었다.

"네가 아기를 따뜻하게 해 줘. 그 다음엔 내가 교대하도록 하마."

아빠가 말했다.

나는 재킷과 셔츠 단추를 끄르고, 맨살이 드러난 가슴에 가벼운 아기 꾸러미를 살포시 놓았다. 나는 옌스의 이불과 따뜻하게 안감을 댄 아빠의 재킷을 뒤집어쓰고 벽에 몸을 기댄 뒤 무릎을 한껏 끌어올렸다. 나는 작은 여동생을 무릎 위에 올려놓고 움직일 엄두도 내지 못한 채 앉아 있었다. 베개 덕분에 나도 따뜻해졌다. 나는 깨어 있으려고 무진 애를 썼다. 가슴과 무릎 사이 우묵한 곳에 아기가 놓여 있었기 때문에, 쉽게 미끄러져 내릴 수는 없었다. 나는 아기가 숨이 막히지 않도록 조심해서 돌보았다.

아기가 '응애' 소리를 내며 울 때나 꼼지락거릴 때마다, 나는 행복한 마음에 가슴이 따뜻해졌다. 가슴 가득 정이 넘쳐났다. 이 아이가 살아남을 수 있다면 뭐든 하리라는 마음도 생겼다. 이토록 비참한 환경에서 태어나 좋은 시절이라곤 모르는 이 작고 의지할 데 없는 아이를 위해서라면, 나는 구걸도

하고, 도둑질도 하고, 약탈도 하리라 다짐했다. 그래야 한다면!

나는 케르스틴과 닮은 그 애의 얼굴을 그려 보았다.

오래 앉아 있었던 데다가 추위 때문에 나는 완전히 뻣뻣하게 굳어 버렸다. 엄마 곁에서 아빠가 바쁘게 움직이는 소리, 이따금 엄마가 신음하는 소리, 그리고 엄마가 나직이 아빠와 서로 이야기하는 소리들이 들려왔다. 그러고 난 뒤, 엄마는 조용해졌다. 단지 엄마의 숨소리만 간간이 들려올 뿐이었다. 아빠는 온통 흥분된 순간들과 오랜 긴장 끝에 엄마 옆에서 잠이 든 것 같았고, 엄마 역시 기진맥진해서 쉬는 것 같았다. 그때 나는 불안하게 비몽사몽을 오가고 있었다.

아기가 다시 꼼지락거리는 바람에 나는 깜짝 놀라 잠에서 깨어났다. 넓은 채광창 앞에 있는 지하실 환기 구멍으로 벌써 어스름 새벽빛이 스며들었다. 새벽빛에 내가 내쉬는 하얀 입김이 보였고, 안드레아스가 죽기 전에 써 놓은 글씨가 눈에 들어왔다.

'천벌 받을 부모들!'

그 글씨는 벽의 절반을 채울 정도로 커다랗게 씌어 있었다.

나는 다시 아기에게로 고개를 숙였다. 다시 깨어났을 땐 아빠와 엄마를 알아볼 수 있을 만큼 밝아져 있었다. 두 사람은 침낭을 덮고 서로 바싹 붙은 채 시멘트 바닥에 누워 있었다. 엄마는 할아버지의 두꺼운 스웨터를 입고 있었다. 여기저기 수건과 기저귀가 널려 있었는데, 모두 피에 흠뻑 젖어 있었다. 바닥도 피가 흥건했다. 엄마가 얼지는 않았는지 걱정되었다. 엄마는 얼굴을 내 쪽으로 하고 누워 있었다. 깊이 잠든 것처럼 보였다. 엄마 얼굴은 창백하여 푸른 빛이 감돌았다.

할아버지 정원의 오두막이 떠올랐다. 그리로 갈 수도 있었는데! 하지만 아빠와 나 둘이서, 어둠 속에서 엄마를 유모차에 싣고 경사진 언덕을 기어올라가기란 아마 불가능한 일이었을 것이다. 지나가 버린 일이었다. 모든 것이 지나간 지금, 엄마가 다시 걷게 되는 즉시 우리는 정원에 있는 오두막에서 묵을 수 있을 것이다.

베갯잇에 씌어진 할머니 이름의 머리글자가 보일 정도로 밝아지자, 나는 호기심에 가득 차 아기의 머리를 덮었던 재킷을 약간 옆으로 밀쳤다. 그러고는 자그마한 얼굴을 보기 위해 마름모로 접어 놓았던 베개 귀퉁이를 들어 보았다.

나는 온몸이 굳어 버리고 말았다. 비명도 지를 수 없었다. 그냥 얼어붙은 채로 앉아 있었다. 내 작은 여동생 제시카 마르타는 눈이 없었다. 눈이 있어야 할 자리에 피부, 그냥 보통 피부밖엔 아무것도 없었다. 단지 코와 내 가슴을 이리저리 찾으며 빨려고 했던 입만 있었다. 너무도 강한 전율이 온몸을 굳게 만들어, 나는 아기가 발버둥을 치며 베개를 걷어차 버렸을 때, 다시 감싸 주는 것조차 하지 못했다. 아기는 아무것도 걸치지 못하고 피투성이인 채로 누워 있었다. 그리고 아기의 두 팔이 모두 몽당팔인 것도 눈에 들어왔다.

"아빠."

나는 소곤거리며 아빠를 불렀다.

아빠는 놀라서 벌떡 일어나, 새빨간 두 눈을 부스스하게 뜨고 나를 바라보았다. 아빠 입에서도 입김이 뿜어져 나왔다.

"이것 좀 보세요."

내가 속삭이자 아빠가 말했다.

"그래, 알아. 피를 너무 많이 흘렸어. 본인도 그걸 알고 있었지. 정말 조용하게 숨을 거두었단다. 훌륭한 죽음이었지. 계속 네 걱정만 했어."

그러나 나는 새로 태어난 여동생만 생각하고 있었다. 나는 아빠가 아기 이야기를 하고 있는 것이라고 생각했다.

"하지만 죽지 않았어요. 내내 움직였단 말이에요!"

나는 소리쳤다.

아빠는 내가 있는 곳으로 기어 와 내 무릎 위로 몸을 구부렸다.

"아, 안 돼. 안 돼."

아빠 입에서 신음 소리가 터져 나왔다.

나는 그제서야 엄마 쪽을 쳐다보았다. 서서히 상황이 파악되었다. 그리고 나는 비명을 지르기 시작했다. 땀으로 온몸이 흠뻑 젖고 의식을 잃을 때까지 비명을 지르고 또 질렀다.

다시 정신이 들었을 때, 아기 울음소리가 들렸다. 그 소리는 스티로폼 상자에서 들려왔다. 아기 목소리는 아주 우렁찼다. 아빠가 상자를 들고 막 계단 쪽으로 가려 하고 있었다.

"어디로 가져가는 거예요?"

나는 겁을 잔뜩 집어 먹고 물어 보았다.

"잠이나 자라."

아빠가 말했다.

나는 아빠가 내 눈길을 피하는 걸 눈치챘다.

"네가 할 수는 없잖니?"

아빠가 힘없는 소리로 말했다. 아빠의 뺨 위로 눈물이 흘러내렸다.

"대체 어떻게 해야 좋겠니?"

아빠가 물었다.

나는 비틀거리며 아기가 있는 쪽으로 가서 상자를 쓰다듬었다.

"아기를 아프게 하지 마세요. 듣고 계세요?"

나는 흐느꼈다.

아빠는 고개를 끄덕였다.

"여기 있어라. 엄마 옆에 있어."

아빠가 말했다.

아빠가 날 혼자 둔 건 아주 짧은 시간이었지만, 나에겐 영원 같았다.

마침내 아빠가 계단을 내려오는 소리가 들렸을 때, 나는 아빠에게로 갔다. 아빠 손에는 여전히 상자가 들려 있었다. 하지만 이제 그 속에선 우는 소리도, 부스럭거리는 소리도, 그 어떤 소리도 들리지 않았다.

그날 우리는 할아버지 정원에 있는 오두막으로 옮겨 갔다. 우리는 엄마의 시체를 유모차에 싣고, 이불로 잘 덮어 주었다. 가는 길에 마주친 사람은 아무도 없었다. 우리는 얼음이 쌓여 미끄러운 언덕 위로 간신히 유모차를 밀며 올라갔다.

눈이 녹자 우리는 엄마와 내 동생, 제시카 마르타를 버찌나무 아래에 묻어 주었다.

13. 핵폭발 4년 후

그 후로 4년이 흘렀고, 나는 이제 열일곱 살이 되었다. 2년 동안 우리는 할아버지 정원 오두막에서 살다가 다시 할아버지 집으로 내려왔다. 두 번째 겨울에 심한 굶주림이 휩쓸면서, 첫 번째 겨울을 간신히 넘긴 사람들도 절반 가까이 죽었다. 크라머 아줌마와 늙은 남자도 그때 죽었다. 아줌마와 함께 살았던 아이만 살아남았다. 우리는 그 아이를 데리고 있기로 했다.

쉐벤보른은 이제 어지간히 제 모양을 갖추었는데도 텅 빈 집들이 남아돌고 있다. 쉐벤보른 사람 전체와 이곳에 스며든 노숙자들을 모두 합쳐도 400명 정도밖에 살고 있지 않았다. 나머지 사람들이 모두 목숨을 잃은 건 아니었다. 2년 전, 알프스 지방에 가면 예전처럼 살 수 있다는 소문이 돌았다. 방사능에 노출된 것이 하나도 없어 아무것도 오염되지 않았다는 말이었다. 뒤이어 150명이 넘는 쉐벤보른 사람들이 길을 떠나 남쪽으로 갔고, 여태껏 돌아온 사람은 한 명도 없었다. 어쩌면 소문이 맞았기 때문일 수도, 또 어쩌면 틀렸기 때문일 수도 있었다. 아빠와 나는 소문이 사실인지 아닌지 알고 싶어 하지 않았다. 우리는 벌써 한 번 떠났다가 호되게 당하고 돌아왔기 때문에 내내 여기에 머물러 있을 생각이다. 쉐벤보른은 이미 오래 전에 가장 힘든 고비를 넘겼다. 그건 이따금씩 이곳을 지나가는 사람들이 대신 말해 주고 있다. 그 사람들은 "여긴 아직도 살아서들 움직이고 있네요."라고 말한다.

지난 4년간은 추위와 배고픔, 질병과 병충해 등 온갖 두려움의 연속이었다. 한 마디로 죽음에 대한 두려움이었다.

핵폭탄이 떨어지던 날 살아남았던 쉐벤보른 사람들은 대부분 재해에 뒤이은 두 해 겨울을 나는 동안 죽어 버렸다. 특히 두 번째 겨울엔 적은 수의 사람들만이 살아남았다. 그해 겨울은 몹시도 추웠다. 사람들은 얼어 죽기도 했고, 굶어 죽기도 했다. 여름에 나무를 충분히 해 놓지 않은 사람, 더 이상 겨울옷이 없었던 사람, 병든 사람 그리고 밤낮으로 불씨가 꺼지지 않게 살피지 못한 사람들은 추위에 목숨을 잃었다. 먹을거리를 저장해 놓지 못한 사람도 굶어 죽었다.

그러나 겨울을 날 식량을 마련하는 것은 정말 어려운 일이었다. 핵폭탄이 떨어진 다음 해엔 거의 아무것도 자라지 않았다. 들은 대부분 경작되지 않았다. 감자 몇 개라도 심고, 몇 줌의 곡식 씨앗이라도 파종한 사람들조차 거두어들인 것은 아무것도 없었다. 땅이 방사능에 오염되었던 것이다. 봄에 싹이 튼 것도 보잘것없이 겨우 연명해 갔다. 경치는 싱싱한 초록 물결로 덮이는 대신 병색이 완연한 유황색으로 서서히 덮여 갔다. 침엽수와 활엽수에선 모두 잎사귀가 나오지 않았다. 가장 억센 잡초만이 견뎌 냈다.

핵폭탄이 떨어진 뒤 맞이한 첫 번째 여름, 가을, 겨울에 사람들은 풀과 나무껍질을 먹고 살았다. 식물 뿌리를 모았고, 송충이와 같은 벌레들을 억지로 목구멍에 밀어 넣어야 했다. 사람들은 어딘가에 먹을 만한 것이 있으리라는 희망으로 방방곡곡을 돌아다녔다. 마지막 남은 고양이와 개까지도 다 잡아먹었다. 심지어 쥐도 잡아먹었다. 쥐한테는 폭탄이 아무런 피해도 입히지 못한 듯했다.

사람들은 살아 있는 쥐를 잡아먹기 위해 쥐 잡는 방법을 고도로 발전시켰다. 서로 자기가 죽인 쥐의 수를 놓고 자랑하기도 했다. 그랬다. 쉬벤보른 사람들은 쥐 덕분에 목숨을 이어

나갈 수 있었다. 그리고 풀다 근처에 파묻혀 있던 지하 군사 기지의 거대한 통조림 재고품들도 한몫을 했다. 쉐벤보른 청년들 몇 명이 우연히 발견한 뒤, 강제로 열어 샅샅이 뒤져 냈다.

사람들은 찾아 낸 물건들을 몰래 숨겨 두려고 했지만 헛수고였다. 온 쉐벤보른 사람들이 통조림을 얻기 위해 난리를 쳤다. 그 가운데 남아 있는 것들이 지금도 인기 있는 교환 물품으로 거래되고 있다. 가장 힘들었을 때, 사람들은 자기 자신을 위해 서로 죽이기도 했다.

그러나 지난 겨울, 쉐벤보른에서 굶어 죽은 사람은 한 명도 없었다. 자연이 천천히, 아주 천천히 무시무시한 피해에서 되살아나기 시작했다. 억센 풀들은 다시 무성하게 자라났다. 지난 봄에는 도시 주변이 다시 녹색을 되찾았다. 풀다 근처도 잿더미 속에서 풀이 돋아났다. 그러나 그곳에서 자라나는 풀들은 여태껏 보아 온 눈에 익은 풀이 아니었다. 그 풀을 뽑아 내려면 제일 튼튼한 연장을 사용해야 했다. 하지만 그것이 무엇이든지 간에, 중요한 사실은 끔찍한 잿빛이 사라졌다는 것이다.

살아남은 사람들은 생활 태도를 바꾸었다. 그들은 핵폭탄이 떨어진 뒤의 초라한 삶에 적응했다. 그들은 더 이상 외부에서 올 구조대나 기적 또는 구원 같은 걸 기다리지 않았다. 그들은 자신을 구제하는 일을 스스로 알아서 해결했다.

다시 정원이 경작되고 있다. 정원엔 채소 종류가 많지 않지만, 아직 감자가 남아 있다. 쉐벤보른 곳곳에서 감자를 심은 화단과 작은 텃밭을 볼 수 있다. 따뜻한 계절이 이어지는 동안, 쉐벤보른 사람들의 생활에선 감자를 키우는 일이 가장 중요한 화젯거리가 되었다.

새들이 죽고 없어서 해충이 급격히 늘어나 계속해서 지독한 병충해를 겪어야만 했다. 그리고 멧돼지들도 믿을 수 없을 정도로 많아졌다. 많은 수가 습곡 산맥의 우거진 덤불숲 덕분에 폭탄 피해를 입지 않고 살아남은 모양이었다. 녀석들은 떼를 지어 들판으로 들이닥쳤다. 총알만 있었어도……

그러나 쉐벤보른 사람들도 '이 없으면 잇몸' 식의 생활에 능숙해졌다. 올봄과 여름에는 덫을 놓고 구덩이를 파서 멧돼지를 네 마리나 잡았다. 살아남은 사람들은 모두 그동안 배운 바가 있었다. 저장 식품을 마련하지 못한 사람은 늦어도 그해 겨울이면 굶어 죽을 위험에 처할 수 있었다.

이제 쉐벤보른에는 얼마 안 되는 주민들이 경작할 수 있는 충분한 농토가 있었다. 예전의 논밭이나 정원이 아직 남아 있었고, 들판 언저리와 목장 울타리도 남아 있었다.

그러나 세월이 지나면서 핵폭탄이 떨어지던 날 이전의 흔적들은 차츰 퇴색해 가고 있다. 우선 돈이 사라졌다. 이따금 아이들이 동전과 지폐를 갖고 노는 걸 볼 수 있다. 그러나 돈은 가치를 잃었다. 급하게 필요한 것이 있는 사람은 서로 물물교환을 해야 한다. 교환이 전부이다. 심지어 노동과 노동도 교환한다. 발명하는 재주가 높이 평가되고 있다. 옛날에 가졌던 직업으로 지금 새롭게 시작할 일을 찾지 못한 사람은, 자기가 갖고 있는 재주와 취미 생활을 어떻게 살릴 수 있을지 곰곰이 생각하고 있다. 몇몇 재주 좋은 사람들이 새로 수도관을 설치했다. 파이프는 폐허 더미 속에 충분히 묻혀 있다!

지난해 겨울부터 약탈이나 때려죽이는 일 같은 것이 없어졌다. 부족하나마 다시 질서가 찾아왔다. 나무를 하러 가거나 너도밤나무 열매를 주우러 가는 길에, 아니면 초원 어딘가에서 죽은 사람을 발견하면 그 사람이 누군지는 몰라도, 그리고 남아 있는 부분이 얼마 되지 않아도, 사람들은 죽은 사람들에게 당연히 돌아가야 할 무덤을 만들어 주었다.

게다가 시장도 다시 선출되었다. 뭔가 결정해야 할 일이 생기면, 시장은 옛날 시청 광장에 쌓여 있는 폐허 더미 사이로 살아 있는 사람들을 소집한다. 그곳에는 남아 있는 집이 한 채도 없다. 그러나 오래 된 둥근 머리 포석들은 파괴되지 않고 그대로 바닥에 남아 있다.

지금 쉐벤보른 사람들의 모습은 꼭 옛날에 제3세계에서 왔던 불쌍한 사람들 모습 같다. 많은 사람들은 아직도 예전에 입었던 옷을 그대로 입고 있다. 이제는 자주 빨아서 색이 바래고, 단이 닳아 나달나달해졌으며, 여기저기 기운 옷 말이다. 낡은 천 조각을 모아 어중간하게 새 옷을 만들어 입은 아줌마들도 많다. 옛날 천들을 다 쓰고 나면 무엇을 걸치고 다닐지 아직 우리는 알 수 없다. 그러나 그때문에 골머리를 앓지는 않는다. 우선 해야 할 더 중요한 일들이 많이 있다.

우리는 오래된 자동차 타이어와 나무 판자로 신발을 만들어 신는다. 이제 우리는 옛날처럼 깨끗하지 않다. 제대로 된 목욕탕도 없고, 미용실도 화장품도 없다. 물론 비누도 없다. 우리 몸에선 땀 냄새가 풀풀 난다. 우리 몸은 노동의 냄새를 풍긴다.

다가올 겨울을 무사히 보내기 위해 우리의 생활은 말 그대로 중노동 그 자체가 되었다. 물 길어 오는 일, 빨래하는 일, 심고 수확하는 일, 바느질하는 일, 폐허를 치우는 일, 집 짓는 일 등 정말이지 모든 것을 손으로 해야 한다. 이제 기계 같은 건 없다.

해가 떠 있는 시간은 남김없이 이용해야 한다. 쉐벤보른에선 아직 살아 있는 사람은 누구나 해가 떠오르는 즉시 일을 시작한다. 겨우 네댓 살 먹은 애들도 말이다. 굶어 죽거나 얼어 죽는 사람이 없도록 모두들 서로 도와야 한다. 그러므로 놀거나 산책할 시간 같은 것은 거의 없다.

지독한 겨울이 오면 어떡하나? 감자에 병충해가 없도록 잘 관리할 수 있을까? 건강을 유지하며 살 수 있을까? 목숨을 부지할 수 있을까? 이런 두려움들이 우리의 목을 조르고 있다. 맹장염, 패혈증, 황달 같은 별것 아닌 병들도 전부 우리를 죽일 수 있다. 마지막으로 살아남았던 의사도 죽었고, 약이라곤 하나도 없기 때문이다.

하지만 사람들은 저마다 이런 불안을 숨기고, 자신이 처한 위험을 떨쳐 버리곤 모른 척한다. 그렇게 하지 않으면, 모두들 미쳐 버릴 것이다. 그리고 그렇게 위협받고 있는 우리네 삶 역시 점차 익숙한 일상이 되어 가고 있다.

한 해 풍년이 든 이후에 우리는 학교도 다시 열었다. 학교의 설립자는 우리 아빠다. 작은 아이들 한 학급, 큰 아이들 한 학급 해서 두 학급이다. 학교가 없는 쉐벤보른이란 아빠에겐 상상도 할 수 없는 일이 되었다. 아빠는 식인종보다 문맹자를 더 끔찍하다고 생각했다. 지금보다 더 어렸을 적엔 나도 아빠처럼 생각했다. 폭탄이 떨어지기 전에는 당연히 읽기, 쓰기, 셈하기를 가르치는 학교를 생각했다. 하지만 그 사이 나는 그런 학교는 지금의 현실에 맞지 않다고 생각했다.

처음엔 학생 수가 여섯 살부터 열네 살까지 49명이었다. 작은 아이들은 내가 돌보아 주고, 큰 아이들은 아빠가 가르친다. 아빠는 아이들에게 읽고, 쓰고, 계산하는 것은 가르치지만, 핵폭발 이전과 이후에 대해선 결코 이야기를 나누지 않는다. 최근에 고대 그리스에 관해 아이들에게 이야기한 적은 있었다. 하지만 그게 전부였다. 그 대신에 아빠는 아이들을 뛰어난 계산기와 맞춤법 기계로 만들고 있다. 옛날에 아빠가 회계사였다는 걸 속일 수 없나 보다. 하지만 요즈음 누가 회계사를 필요로 하겠는가?

수업에 대한 보답으로 부모들은 형편이 닿는 대로 감자 몇 개, 해바라기씨, 통조림 같은 것을 우리에게 준다. 가져올 것이 없는 아이들은 숲에서 나무를 해서 가져온다.

아빠는 학교 일에 정말이지 대단한 노력을 기울이고 있다. 몸소 아빠 반 학생들을 위해 폐허 더미와 예전에 쓰레기 하치장이었던 곳을 샅샅이 뒤져 필기구와 종이를 찾아 낸다. 아빠는 날마다 아이들에게 빌려 준 연필과 볼펜을 관리한다. 그것들은 너무나도 귀중한 것이기 때문이다. 한 사람도 낭비하거나 잃어버려선 안 된다. 핵폭발 이전 시대에 생산된 물건들은 가능한 아껴 써야 한다. 대신할 물건이 없기 때문이다. 그 다음엔 무슨 일이 일어날지 알지 못한다. 우리가 알고 있는 건 다만 우리가 종이도, 연필도 만들어 낼 수 없다는 사실뿐이다. 볼펜은 말할 것도 없고.

우리는 이전의 학교 건물에서 수업하지 않는다. 초등학교는 핵폭발 뒤 1년만에 번개를 맞았는데, 대형 화재로 번지는 바람에 완전히 타 버렸다. 그리고 예전에 신축 건물이었던 또 다른 학교는 커다란 유리창들이 모두 깨어져 건물 뼈대만 덩그러니 남아 있다.

그래서 우리는 성의 1층에 있는 방 두 개를 학교로 꾸몄다. 성은 키가 큰 나무들 사이에 있기 때문에 바람이 잘 들어오지 않는다. 성벽은 단단하고, 지붕과 천장으로는 아직 비가 새어 들어오지 않는다. 우리는 창문 높이의 절반을 담을 쌓아 막았다. 폭풍우가 너무 강하게 불어오면 오래된 옷장 몇 개를 창문 앞으로 밀어다 막는다. 교실마다 낡은 원통형 화로도 세워 놓았다. 그러나 가장 추운 한겨울에는 몇 주 동안 수업을 쉰다.

방 두 개를 깨끗이 치울 때 쉐벤보른 사람들이 도와주었다. 그들은 자기 아이들을 위해 다시 학교가 생긴다는 사실에 기뻐했다. 그들은 아빠와 함께 안드레아스가 쓴 글씨를 지워 버리려고 했지만, 잘 지워지지 않았다. 교실 안에 있는 것도, 성벽에 있는 것도 모두. 그 글자들은 지금도 읽을 수 있다. 지하실에 있는 것도 말이다. 그러나 나는 그리로는 잘 가지 않는다. 그곳에 가면, 너무 많은 기억들이 되살아난다.

성가시게 하는 건 쥐뿐이다. 성은 온통 쥐들 천지다. 수업 중에도 쥐들이 학생들 발 사이로 요리조리 돌아다닌다. 쉐벤보른은 늘어난 쥐 때문에 겪는 피해로 신음하고 있다. 이젠 더 이상 고양이도 없다. 길을 걸어가다 보면, '쉬익' 소리를 내며 재빨리 사라지는 쥐들을 볼 수 있다. 해가 갈수록 쥐가 늘어나고 있는데, 점점 통통해지는 데다가 더 대담해지고 있다. 굶주림에 내몰린 쉐벤보른 사람들이 살아남기 위해 쥐고기를 먹기 시작했던 두 번째 겨울에도 쥐는 박멸되지 않았다. 최근에 일곱 살짜리 꼬마가 맨발로 다니다가 엄지발가락을 깨물린 뒤로, 아이들은 쥐가 무서워서 수업 중에 무릎을 껴안고 앉게 되었다.

언제쯤 두려움에서 벗어날 수 있을까? 아이들은 늘 불안해했다.

아이들은 대부분 쉐벤보른에서 태어난 아이들이 아니다. 아이들은 핵폭발 뒤, 풀다 근처에서 이리로 흘러들어 왔다.

고아인 아이들도 많다. 나이가 어린 아이들은 엄마 아빠의 얼굴을 거의 기억하지 못한다. 온몸이 상처투성이거나 목발을 짚고 다니는 아이들도 많다. 우리 반에는 눈 먼 아이가 2명 있다. 아빠 반에는 혀가 조금 잘려 나가 말을 못하는 학생이 있다. 머리카락이 없는 아이들이 훨씬 더 많고, 어떤 아이들은 발작 때문에 고생한다. 많은 아이들은 졸음이 덜 깬 채로 학교에 온다. 밤마다 나쁜 꿈에 시달리기 때문이다. 학생들 가운데 몸과 마음에 상처를 입지 않은 학생은 거의 없다. 아이들은 아주 조심스럽게 다루어야 한다. 조금만 뭐라고 해도 금방 울음을 터뜨리기 때문이다.

그러나 아이들은 아직 살아 있다. 아이들은 살아남은 것이다. 나도 그렇고. 이 사실을 생각할 때마다 나는 도저히 믿어지지 않는다. 왜냐하면 살아남은 사람이 20명 중 1명 꼴이기 때문이다.

우리는 살아남은 걸까? 다음 차례는 내가 아닐까? 오늘은 다른 때보다 빗에 머리카락이 더 많이 딸려 나왔다.

유디트 누나도 그렇게 시작되었다.

핵폭발 뒤, 다시 아기들이 태어났는데도 주민 수는 계속 줄어들고 있다. 나는 이런 파괴된 시대에 아기를 낳아 책임지는 것을 원하지 않는 사람들을 알고 있다. 핵폭발 이후, 아기를 갖지 못하는 여자들에 관해서도 들었다. 또 원자병이 여전히 돌아다니고 있다.

"그 병은 한참 동안 돌 거야. 심지어 아직 태어나지 않은 아이들에게도 숨어서 기다리고 있지."

아빠가 말했다.

맨 처음에 나는 그 말을 믿으려고 하지 않았다. 하지만 제시카 마르타, 내 동생 때문에 난 그 말을 분명히 이해하게 되었다. 엄마가 방사능의 영향을 받자, 그것이 씨눈이 되어 엄마 육체에 깃들어 살았던 것이다. 하지만 핵폭탄이 떨어진 다음에 생긴 아이들까지, 어떻게 그 아이들까지도 방사능의 피해를 입는 일이 가능할 수 있을까?

"유전자 손상 때문이야."

아빠가 말했다.

쉬벤보른과 인근 지역에서 새로 태어난 아기들 가운데 정상인 아기는 거의 없었다. 어쨌든 살아서 태어난 아기들은 기형아 아니면 장님이었고, 농아 아니면 저능아였다. 이 아기들에게선 도저히 희망이란 찾을 수 없었다. 쉬벤보른 사람들은 살아남기 위해 전력을 다하고 있지만, 이 아기들은 결국 죽고 말 것이다. 그것은 단지 시간 문제일 뿐이다.

핵폭발 뒤, 아빠는 많이 변했다. 아빠는 말이 거의 없어졌다. 한번은 아빠가 수업을 시작한 지 얼마 되지 않았을 때, 얼굴이 온통 상처투성이인 남자아이가 아빠 얼굴에 분필을 던지며 "당신은 살인자야!"라고 소리를 지른 적이 있었다.

아이들은 모두 놀란 얼굴로 그 아이를 바라보았다. 하지만 아빠는 그 아이가 무슨 생각을 했는지 곧바로 알아차렸다. 결국 그 애는 원자병으로 비참하게 죽었다.

그 뒤로 아빠는 잠을 잘 이루지 못한다. 밤에 신음할 때도 자주 있다. 가끔씩 아빠는 나도 아빠를 '살인자'라고 불러 주기를 바라는 듯한 표정으로 나를 바라볼 때도 있다.

그러나 아빠에게, 아빠 세대의 모든 사람들에게, 핵폭탄이 터지기 전 여러 해 동안 인류의 멸망이 준비되고 있었는데도 아무것도 하지 않고 무심하게 바라보기만 했다고 비난한다고 해서 무엇이 달라지겠는가?

아빠는 항상 "도대체 우리가 그 문제를 두고 뭘 할 수 있겠니?"라고 말도 안 되는 변명을 했었다. 또 핵무기에 대한 두려움이 평화를 보장해 줬다는 사실을 지치지 않고 이야기했다. 아빠는 대부분의 다른 어른들처럼 편리함과 안락함이 가장 중요했고, 아빠와 그들 모두 위험이 커지고 있는 것을 보았으면서도 그것을 보려고 하지 않았다.

비난한다고 해서 무슨 소용이 있겠는가.

한번은 아빠 학급의 여학생이 아빠에게 질문을 던진 적이 있었다.

"선생님은 평화를 위해 무엇을 했죠?"

단호한 목소리였다.

그 말에 아빠는 그저 고개만 저을 뿐이었다. 나는 적어도 아빠의 그 솔직함에 대해선 존경심을 가질 수 있었다.

하지만 나이가 들수록, 그리고 이 모든 문제에 대해 깊이 생각하면 할수록 나는 안드레아스가 옳았다는 생각이 들었다. 그들은 천벌 받을 부모들이다. 하지만 할머니 할아버지 세대들 역시 벌을 받아 마땅하다! 그때 그들은 과거의 일을 상기시켜 주었어야 했다. 전쟁이 무엇인지 경험했으니까. 비록 그분들이 겪은 전쟁이란 것이 핵폭탄이 터진 날에 비하면 거의 아무런 해도 끼치지 않은 것이었다 해도 말이다.

이제 학교에는 40명의 아이들이 있다. 연말 즈음엔 학생 수가 37명 정도로 줄어들 것 같다. 3명의 아이들에게서 다시 원자병이 나타났기 때문이다. 그중 한 아이는 케른마이어 씨네 울리이다. 그 애는 우리 반에서 가장 똑똑한 아이이고, 케른마이어 씨네 4명의 아이 가운데 마지막까지 살아남은 아이다. 그 다음이 베르티이다. 폭탄이 터지던 날, 누군가 풀다 강변 풀밭에서 발견하여 쉐벤보른으로 데리고 온 아이인데, 부모도 성도 모른다. 그리고 세 번째는 베르벨이다. 크라머 아줌마가 죽은 뒤 데려와 지금은 우리와 함께 살고 있는 우리 집 꼬마 베르벨. 이제 그 아이가 우리와 함께 산 지도 2년이 되었다. 지금 우리는 그 아이와 함께 지내는 것에 너무도 익숙하다. 아주 힘든 이별이 될 것 같다.

곧 한 학급이 문을 닫는다.

"앞으로 네가 남아 있는 반을 넘겨받아라."

어제 아빠가 나에게 말했다. 내가 놀라서 바라보자 아빠는 덧붙여 말했다.

"너한테는 아이들이 살인자라고 부르지 않겠지."

나는 그 학급을 넘겨받을 생각이다. 나는 가르치는 게 좋다. 선생님이 되기엔 아직 어린 나이이고, 가르치는 것도 배우지 못했지만 말이다. 그러나 아이들은 나를 받아들일 것이다. 핵폭탄이 떨어지기 전, 나는 어른이 아니었으니까.

나는 아이들에게 반드시 가르쳐 주고 싶은 것이 있다. 그것은 읽고, 쓰고, 계산하는 것보다 훨씬 더 중요하다.

너희들은 빼앗거나, 도둑질하거나, 죽이려고 하지 말아야 한다. 너희들은 다시 서로 존중하는 법을 배우고, 도움이 필요한 곳에는 도움을 줄줄 알아야 한다. 너희들은 서로 대화하는 법을 배워 당장 치고 박고 싸우기보다는, 어려움을 해결할 방법을 함께 어울려 찾아 내야 한다. 너희들은 서로 책임감을 가져야 한다. 너희들은 서로 사랑해야 한다. 너희들의 세상은 평화로운 세상이 되어야 한다. 비록 그 세상이 오래가지 않는다고 해도 말이다.

왜냐하면 너희들은 쉐벤보른에 남은 최후의 아이들이니까.

자신을 스스로 지키는 용기를 가져야 한다

쉐벤보른은 새롭게 생각해 낸 장소가 아니다. 현재 내가 살고 있는 슐리츠가 바로 그곳이다. 슐리츠는 뢴베르크와 포겔스베르크 숲 사이에 있는 헤쎈 주 동부의 그림같이 아름다운 소도시이다.

『핵폭발 뒤 최후의 아이들』의 집필을 마치고 난 뒤 얼마 안 있어, 슐리츠 사람들은 훼손되지 않은 소중한 보금자리에서 쫓겨날 뻔한 놀라운 일을 당했다. 슐리츠 바로 옆에 있는 숲 지대 아이젠베르크가 미군의 대규모 군사 훈련장이 된다는 것이었다.

우리는 사용할 수 있는 모든 평화적 수단들을 다 사용하여 저항했다. 사회 각계각층 사람들과 정당들이 집단행동에 참여했고, 동원할 수 있는 모든 수단들을 찾아 냈으며, 슐리츠 문제가 군비 경쟁 문제와 연관이 있다는 사실을 포착해 냈다.

그리하여 기적에 가까운 일이 발생했다. 연방 국방부가 미국의 아이젠베르크 군사 용도 사용 신청안을 기각한 것이다.

물론 숲 지대를 구해 낸 것은 슐리츠 인근 지역에만 영향을 미치는 일일 수도 있다. 하지만 슐리츠에서 있었던 일이 시사하는 바는 사소한 일이든 큰 일이든 자신을 스스로 지키는 일은 아주 중요하다는 것이다. 그런 비슷한 예들을 통해 희망을 갖게 되고, 또한 어떤 종류의 전쟁이라도 방어할 수 있다는 용기를 갖게 됨으로써, 우리 모두는 쉬벤보른과 같은 운명을 피할 수 있게 될 테니까 말이다.

1984년 4월
─구드룬 파우제방

우리의 오늘과 내일을 이야기하는 책

긴말을 아끼며 처참한 모습들을 짧고 딱딱 끊어지는 문장으로 담담하게 써 내려가는 파우제방의 문체가 아니었다면, 핵폭탄이 터진 뒤 벌어진 광경들에 나는 벌써 눈을 감아 버렸을지도 모른다. 하지만 두 눈을 가린 손가락 사이로, 그 비참한 모습에 눈길이 쏠리게 만드는 작가의 힘 앞에선 도저히 당해 낼 재간이 없었다. 결국 나는 가슴을 쓸어내리며 쉐벤보른으로 들어갔다.

'쉐벤보른'의 배경이 된 슐리츠는 내가 살았던 작고 아름다운 대학 도시에서 얼마 떨어지지 않은 곳에 있다. 그러나 오가는 길에 스쳐 지나갔을 뿐, 차를 세우고 그곳을 찾아간 적은 없었다. 그래도 슐리츠의 아름다운 풍경에 쉐벤보른의 살기 위해 몸부림치는 사람들과 파괴된 자연의 모습이 덧입혀지자 마치 내 살이 벗겨지는 것 같은 아픔이 느껴졌다.

이 책을 읽는 내내 나는 언제쯤 이 비참한 순간이 끝나고 파란 들판이 펼쳐질지, 서로 다독이며 위로하는 사람들의 희망 노래가 울려 퍼질지 기다리고, 또 기다렸다. 하지만 작가는 나의 바람 대신, 아니, 어쩌면 이 글을 읽은 사람이라면 누구나 기다렸을지 모르는 안도의 순간 대신, 철저하게 '현실적일 수 있는' 결론을 내놓는다. 읽는 이에게 위안을 주기보다는 현실에 어떻게 대처할 것이냐는 과제를 던지는 것이다.

그래서인가. 책을 다 읽고 난 뒤, 나는 한동안 쉬벤보른의 언저리에서 떠나지 못했다. 쉬벤보른은 어느새 내가 살고 있는, 내 아이들이 살아야 할, 이 땅이었다. 동시에 저자가 다른 작품에 남긴 "이제 우리는 더 이상 '아무것도 몰랐다'라고 말할 수 없게 될 것이다."(『구름』(1987))라는 말이 입속에서 맴돌았다.

이 책은 어른, 아이 구별 없이 함께 읽고 우리의 오늘과 내일에 관해 충분히 이야기해 볼 수 있는 책이다. 또한 이 책을 읽음으로써 우리의 아름다운 미래가 좀 더 안전하게 지켜질 수 있지 않을까 기대해 본다.

2005년 1월

−함미라

〈청소년문학 보물창고〉함께 읽어 보세요!

핵 폭발 뒤 최후의 아이들 구드룬 파우제방 문화체육관광부 우수교양도서
니임의 비밀 로버트 C. 오브라이언 뉴베리상 수상작
그때 프리드리히가 있었다 한스 페터 리히터 아침독서 추천도서
두근두근 첫사랑 웬들린 밴 드라닌 영화 〈플립〉의 원작소설
그 여름의 끝 로이스 로리 어린이도서연구회 청소년 추천도서
홀리스 우즈의 그림들 패트리샤 레일리 기프 뉴베리상 수상작
내가 사랑한 야곱 캐서린 패터슨 뉴베리상 수상작
문제아 제리 스피넬리 어린이도서연구회 청소년 추천도서
그 소년은 열네 살이었다 로이스 로리 아침독서 추천도서

구드룬 파우제방 Gudrun Pausewang

1928년 체코 보헤미아에서 태어났으며, 제2차 세계 대전 뒤 독일로 이주하여 사범대학을 졸업했다. 그 후 칠레, 베네수엘라, 콜롬비아 등 남아메리카에서 오랫동안 교사 생활을 했다. 1970년 아들이 태어난 후 어린이와 청소년을 위한 책을 쓰기 시작했으며, 평화와 환경, 빈곤 문제 같은 깊이 있는 주제의식과 높은 작품성을 지닌 책을 꾸준히 펴내어 독일 청소년문학상, 취리히 어린이도서상, 구스타프 하이네만 평화상, 북스테후더 불렌 상 등 많은 상을 수상했다. 대표적인 책으로 『평화는 어디에서 오나요』, 『나무 위의 아이들』, 『구름』, 『할아버지는 수레를 타고』, 『그냥 떠나는 거야』, 『핵폭발 뒤 최후의 아이들』 등이 있다.

함미라

1966년 강릉에서 태어났으며, 동덕여자대학교와 서강대학교 대학원에서 독어독문학을 전공했다. 1994년부터 8년간 독일에 머무르며 방송 활동과 더불어 재외동포 교육기관에서 일했으며, 현재 번역 및 외서 기획을 함께하고 있다. 옮긴 책으로는 『핵폭발 뒤 최후의 아이들』, 『수레바퀴 아래서』, 『모네, 순간을 그린 화가들』, 『레크리스』, 『8월의 7번째 일요일』, 『이토록 달콤한 재앙』, 『젊은 베르테르의 슬픔』, 『호두까기 인형』 등이 있다.